KB212701

화양연화,
동네 목욕탕

화양연화,
동네 목욕탕
© 네버레스홀리다, 얼레지, 2025

1판 1쇄 펴낸날 2025년 3월 17일

글 네버레스홀리다 | **그림** 얼레지
총괄 이정욱 | **출판팀** 이지선·이정아·이지수 | **디자인** 수정에디션 김선희·마타
펴낸이 이은영 | **펴낸곳** 도트북
등록 2020년 7월 9일(제25100-2020-000043호)
주소 서울시 노원구 동일로242길 87 2F
전화 02-933-8050
팩스 02-933-8052
전자우편 reddot2019@naver.com
블로그 blog.naver.com/reddot2019 | **인스타그램** @_dot_book_
ISBN 979-11-93191-06-4 03180

화양연화,
동네 목욕탕

네버레스홀리다 글 · 얼레지 그림

토토북

차례

일러두기

- 이 책의 내용은 취재일 기준으로 작성되어 현 상황과 다를 수 있고, 인터뷰는 구술 내용을
  바탕으로 정리해 객관적 사실과 차이가 있을 수 있습니다.
- 본문에 사용된 고유명사, 관습적 표현, 방언 등은 표준어나 맞춤법 규정과 다를 수 있습니다.
- 괄호 안의 글은 이해를 돕기 위한 필자의 설명입니다.
- 본문 중 '오해했네, 쏘리!'(27~29p)는 얼레지 작가님이 집필하였습니다.

『화양연화, 동네 목욕탕』은
언젠가 완전히 사라질지도 모를 동네 목욕탕의 이야기이다.
세대에 따라 친숙하면서도 낯선 목욕탕이라는 공간을 무대로,
목욕탕과 물아일체 된 인생을 살아온 사람들과
현실의 기로 위에서 추억은 보존하되
형태는 바뀌나간 사람들의 이야기가 담겨있다.
화양연화에서 화무십일홍으로 자연의 섭리를 체감하며 시작에서 끝으로,
청년에서 노년으로 나이가 지긋하게 들었지만
한결같이 운영 중인 동네 목욕탕과
조금 더 일찍 다른 행로를 선택한 목욕탕까지,
깊은 애정을 담아 쓰고 그렸다.

지금이 아니면 경험할 수 없는 장소가 되어 버린 동네 목욕탕들을,
이 책과 함께 여행하듯 들러보길 바란다.

1장

목욕탕
사용 설명서

동네 목욕탕,
온탕에서 냉탕으로

목욕탕에 대한 책을 낸다 하니, 다들 이 말을 돌림노래처럼 읊는다.

"동네 목욕탕이 많이 없어졌다며?"

그리곤, 어떤 말도 덧붙이지 않는다.

요즘 십 대나 이십 대에겐 생소하겠지만, 주말이나 휴일에 '목욕탕 가기'가 중요한 일정이던 때가 있었다. 나 역시 그 시절에 태어나 그 문화에 친숙하지만, 경제 성장과 함께 주거 욕실 상황도 개선되면서 어쩌다 한 번씩 동네 목욕탕을 찾고 있다.

내 이전 세대에게 동네 목욕탕은 나와 가족의 몸 청결을 저렴하고 효율적인 가격에 해결할 수 있는, 유일한 공간이었다. 샤워 시설이 지금처럼 잘 갖춰지지 않았던 집의 시설과 구조 탓에 목욕탕에 가야만 뜨거운 물을 넉넉하게 쓰며 제대로 씻을 수 있었고, 목욕탕 탈의실에 놓인 몇 대의 운동기구로 체력을 단련한 후 땀으로 코팅된 몸을 시원하게 씻어 보내던 시절이었다. 비록 타인의 동작을 주시하며 거울, 수도꼭지, 샤워기를 독점할 수 있는 몇 안 되는 자리를 차지하고자 애써야 하는 고단함이 있었고, 성별은 나뉘었지만 낯선 사람에게 내 속살을 가감 없이 보여줘야 했던 상당히 개방적인 곳이었지만, '목욕탕을 가지 않았다'는 게 곧 '청결하지 않다'는 인식과 연결되던 때였다. 그런 호응에 힘입어 동네마다 목욕탕이 있었다.

주말, 휴일, 명절 때면 어김없이 들러야 하는 곳이라는 인식이 보편적이다 보니, 단골에겐 전용 목욕용품을 담은 색색의 플라스틱 바구니와 개인 때수건을 사물함에 두고 다니는 특권도 주어졌다. 사물함 위 공간을 빼곡히 채운 색색의 플라스틱 바구니들은 높은 굴뚝과 함께 목욕탕의 정체성을 상징하는 또 다른 풍경이 되었다. 엄마와 딸이, 아빠와 아들이 서로의 등을 밀어주며 투닥투닥 가볍게 실랑이하는 모습도, 혼자 온 다른 이와 한두 마디 말을 나눈 후에 이전에도 본 적 없고 앞으로도 볼 일 없는 서로의 등을 번갈아 밀어줬던 촉감도, 여기저기서 은은하게 풍겨오는 피부에 양보한 오이, 우유, 요플레의 향도, 모두 목욕탕이란 공간을 가득 메운 풍경들이다. 게다가 오며 가며 만난 동네 사람과 짧은 얘기를 길게 하며 동네의 어지간한 크고 작은 소식을 단 몇 분 만에 효율적으로 업데이트하던 곳도, 동네 목욕탕이었다.

내 세대에도 목욕탕은 필요했다. 빌라나 아파트가 많아지고 샤워 시설과 욕조도 집 안에 있지만, 몸을 불리고 때를 미는 어릴 때부터 습관이 된 과정을 거치기엔 집은 추웠고 뭔가 충분치 않았다. 목욕 후 뒷정리를 생각하면 목욕탕에 가는 게 나은 선택이었다. 물론 우연히 학교나 동네 친구를 만나 서먹하고 어색한 분위기에 씻는 둥 마는 둥 찝찝함을 안고 집으로 서둘러 돌아와야 했던 복불복 상황이 가끔 따랐지만, 동네 목욕탕에서 목욕하는 재미에 빠져 한 달에 적어도 한번은 목욕탕엘 갔고, 어차피 올 거니 월 정액권을 사서 쟁여두는 건 당연한 선택이었다.

2000년대 초반, 동네 목욕탕보다 더 현대화되고 다양한 시설을 갖춘 찜질방이 도심과 교통요지에 생겼다. 24시 영업도 가능한 규모를 갖춘 업장들이 늘어나면서 소박한 동네 목욕탕은 관심에서 조금씩 멀어졌다. 샤워 시설을 갖춘 각종 스포츠센터도 보편화되면서 '세신의 기능'만 가지고 있던 기존의 목욕탕은, 옷을 입고 들어가서 친구, 가족, 연인과 즐길 수 있는 열린 장소들에 그 기능마저 뺏겼다. 그렇게 본연의 기능보다 더 업그레이드된 시설과 서비스가 있는 곳으로 젊은 세대의 발걸음은 자연스럽게 옮겨갔고, 목욕탕의 시대는 조금씩 저물어 갔다.
코로나19는 목욕탕의 종말을 앞당겼다. 감염을 피하기 위해 '밀집, 밀폐, 밀접'한 공간은 '가지 말라'는 대국민 발표에, 나체로 타인과 공간을 나눠 쓰는 '밀집, 밀폐, 밀접'한 목욕탕은 공공연한 금지 구역이 되었다. 그렇게 몇 달이 지나니 사람들은 목욕탕에 가지 않는 게 익숙해졌고, 개인 공간에서 실력 좋은 목욕관리사에게 때를 밀고 마사지를 받거나 좋은 향과 효과를 지닌 고급 제품을 구매해 집에서 스스로 하는 것에 길들었다.

지금, 동네 복욕탕은 사라지고 있다. 찾는 사람이 없고 물가도 급격히 오르다 보니 유지가 힘들다. 앞으로 더 좋아질 거라는 희망도 갖기 어렵다 보니 대부분 '하는 날까지만 하자'는 마음으로 현상 유지만 하고 있다. 같은 시기를 살아온 사람들에겐 비슷하거나 동일한 습관이 있다. 혹자는 우리 세대의 유행이라 하고, 혹자는 자기 세대와 다른 문화라 하고, 경험해 본 이는 그것을 추억이라고 한다. 오랜 시간 유행으로, 문화로, 추억으로 공유한 동네 목욕탕의 가치를 아는 세대로서, 우리가 사랑한 동네 목욕탕에 대한 남다른 아쉬움과 안타까움이 남는다.

원조의 품격,
온양 제1호 원탕

영업시간
오전 4시 30분
오후   시   분

새벽 4시 30분, 이렇게 일찍 나서도 되나 싶은 시간. 밖은 아직 캄캄하고 거리엔 사람도 없는데 숙소에서 목욕탕까진 도보 십여 분 거리. 누운 채로 잠시 몸을 더 뒤척이다 일어나, 세상 가벼운 옷차림에 큰 수건과 작은 수건을 하나씩 작은 가방에 욱여넣고 간단한 세면도구를 챙겨 숙소를 나섰다.

온양온천은 제주도 여행이나 해외여행이 보편화되기 전 최고의 신혼여행지였다. 역대 왕들도 이곳에 와서 목욕을 하고 온궁을 짓고 '신이 내린 우물'이라는 의미의 신정비까지 내렸다고 하니, 그 물에 몸 한번 담가봐야 하는 건 그야말로 불문율. 온천 성지답게 이름난 곳들은 많았지만 몸은 하나이니, 신중히 선택해서 갈 곳을 정해야 했다. 전날 동네를 한 바퀴 돌며 여러 어르신께 탐문한 결과 신정관 온천탕으로 행선지를 확정했다. 코로나가 한풀 꺾이긴 했지만 그래도 염려가 안 된 건 아니었기에, 새벽 5시부터 찾아온다는 동네 분들을 조금이라도 덜 만나려고 서두르자 마음먹었다.

'좋아! 나도 해보지, 뭐!'

별거 아닌 일에 생겨버린 승부욕을 누르지 못하고, 서울에서도 한 번 도전해 보지 않았던 일을 낯선 도시에서, 그것도 전날 일찍 잠드는 것을 그날의 최종 목표로 정해놓고, 수행했다. 사실 목욕탕에 가보고 싶었던 이유는 진짜 단순했다. '대체 얼마나 물이 좋길래, 왕들이 온궁을 지었나' 궁금했고, 원조만이 내걸 수 있는 '제1호 원탕'이란 자부심이 어디서 나오는지도, 입욕비 '삼천오백 원'을 받아도 유지가 가능한 이유도 알고 싶었다. 거기에 이왕이면 깨끗하게 채운 '첫 물 목욕'이라면, 욕심낼 이유가 충분하지 않은가!

10월 초 텅 빈 도심 거리의 쌀쌀한 새벽 기운이 닿은 몸은 어둑한 길을 걸으며 더 움츠러들었다가, 작은 전구가 은은하게 뿜은 빛이 살포시 번진 목욕탕 건물이 멀리서부터 눈에 들어오면서 조금씩 풀어졌다. '외관 참 개성 있다'라는 생각을 하며 오른 서너 개의 계단 끝 매표소엔, 곤히 잠들어 있는 젊은 사장님이 계셨다.

'어쩌지? 돈 내야 하는데… 깨우기가….'

깨우기 참 미안하게 잠든 사장님을 앞에 두고, 목욕비를 받아줄 다른 분이 안 계시나 두리번거리는데, 다행히 함께 일하는 이모님이 여탕에서 나와 반겨주신다.

"사장님이 주무시고 계셔서요, 돈을 어떻게…."

이모님은 반갑게 웃으며 목욕비를 받아두시고 이내 여탕으로 들어가라고 손짓하신다.

들어오기 전까지 시설에 대한 기대는 없었는데 탈의실이 생각보다 넓었다. 밖에서 봤을 땐 분명 작고 소박한 규모일 거로 생각했는데 보이는 게 다가 아니었다. 설비는 오래된 다른 목욕탕들과 큰 차이가 없었다. 익숙하지 않은 공간이 주는 심리적 영향도 있었겠지만, 내부는 뭔가 더 웅장하고 넓어 보였다. 족히 4~5m는 될 듯한 천고를 가진 확 트인 욕탕에 들어선 후 여긴 범상치 않은 곳이란 확신이 들었다.

이미 몇 분이 자리를 잡고 계신 욕탕. '대체 몇 시에 나오신 걸까?' 한편으론 궁금해하며 어디에 앉을까 휙 둘러보는데 단번에 마음이 정해지지 않는다. 일단은 입구에서 가깝고 온탕과도 가까운 곳 수도꼭지 하나를 점유해 바가지랑 의자를 가져다 내 구역을 만들었다. 그리곤 그 흔한 개인 샤워기도 없는 욕탕에서 수도꼭지를 틀어 대야에 물을 받아 머리를 감고 몸을 씻으며 주변을 둘러봤다. 높은 천장, 거울 하나 없는 내부, 수영장처럼 낮은 온탕, 그 흔한 샤워기는 딱 두 개, 그마저도 간당간당. 바닥도 약간 기울어 있는데 기분 탓인가 싶어 한번 누워볼까 하는 차에, 평생 풀리지 않을 것 같은 탄력감이 느껴지는 펌을 한 어머님들이 바닥에 수건을 깔고 어슷하게 누워계신 장면이 눈에 들어왔다.

'음, 기운 게 맞군. 재밌는 공간이네, 여기.'

분명 불편한 것투성인데, 크게 불편하지가 않다. 일반 목욕비

절반 정도인 삼천오백 원이라는 가성비 높은 금액을 내고 왔으니 이런 불편 정도는 감수해야 한다는 생각이 지배적인 이유였겠지만, 정말 씻는 행위 그 자체에만 집중할 수 있으니, 마음이 더 차분해진 것도 사실이다.

가볍게 몸을 씻은 후 온탕에 들어가려는데, 평소 자주 보던 계단 하나 정도 기본으로 밟고 올라가는 온탕의 형태가 아니라 수영장처럼 계단을 밟고 내려가는 구조다. '이거 괜찮네, 되게 특색있다'라고 생각하며 온천물과 몸이 닿는 순간, 머릿속으로 '내가 얼마나 여기에 있을 수 있을까' 하는 생각이 앞섰다. 온천물을 사용하는 원탕엔 이런 주의 사항이 늘 따라붙으니까.

"3분 이상 계시면 어지럽거나 구토가 날 수 있습니다."

'3분 넘으면 정말 큰일 나는 거 아니야?' 걱정은 앞서는데, 몸이 여유롭다. 온천물은 너무 뜨거워 하룻저녁을 식힌 후에 쓸 뿐만 아니라, 사고 방지를 위해 적정 수준의 수온을 유지하고 있으니 그야말로 기우.

평소에도 온탕에는 오래 있지 못하기에 앉았다 섰다를 반복하며, 사각형이 아닌 유연한 선이 매력적인 온탕 안을 끝에서 끝까지 슬슬 걸어봤다. 물 깊이가 1m가 될까 말까, 타일 욕조 크기는 가장 긴 축이 4~5m 내외. 길쭉한 형태가 실외에 형성된 어떤 연못 같은 걸 연상시켰다.

'거 참 묘하네.'

한 번으론 부족한 듯 해 두세 번 더 온탕에 들어갔다 나오기를 반복하고, 가볍게 몸을 씻은 후 탈의실로 나왔다. 사람이 적어서였는지, 천고가 높아서였는지 창문도 찾기 어려운 공간임에도 조금의 꿉꿉함 없이 쾌적했다. 가져간 것들을 대충 챙기고 탈의실을 나서려는데, '와…' 하는 탄성이 낮게 터져 나왔다.

'어머, 이건 꼭 와서 봐야 해.'

내가 지금 보고 있는 게 뭔지 믿기지 않을 정도로, 탈의실 유리문을 통해 들여다본 욕탕은 동화 나라 같았다. 적절한 수증기 사이에 비슷한 머리 스타일을 한 어머님들이 옹기종기 앉아계시는데, 그 모습이 너무 귀여워 사진으로 찍어 남기고 싶은 충동이 강하게 들었다.

'뭐지? 이게 뭐지?'

어디서도 보지 못할 저세상 풍경을 눈 안에 가득 담아 나오며, 내가 그동안 보아 온 동화나 그림책 속 목욕 장면을 떠올렸다. 세상 귀엽고, 세상 평온하고, 세상 동화스러운 저 장면. 실사로 구현한다면 이렇지 않았을까?

들어갈 때와 동일한 계단을 밟고 내려와 목욕탕 앞에 서봤다.

어둑한 기운이 사라지며 입구를 밝혔던 조명도 꺼졌고, 인공 불빛 대신 자연의 불빛이 하얀 목욕탕 건물을 감쌌다. 그 주변으로 파란 하늘이 드러났다. 가지고 간 수건으로 벅벅 젖은 머리카락을 비벼대며 건물을 마주 보다가, 혹여 감기 들까 싶어 큰 수건을 꺼내 머리와 목을 한꺼번에 두른 채 숙소로 돌아왔다.

분명 불편한 것투성이였는데, 벌써 또 가고 싶다!

♨ 신정관 온천탕, 2022. 10. 수건 대여료 별도

엄마랑
등 밀던 날

"엄마, 목욕탕 가자. 갈 거지?"

"어?"

"같이 가야 해. 등 밀어야 한다고."

"몇 시에 갈 건데?"

"아침 일찍. 사람 적을 때. 눈 뜨자마자 바로 나가자."

목욕탕 가기 전날. 이상하게 설렜다. 물이 닿아도 크게 지장 없을 가벼운 가방을 골라 때수건이며 등 수건, 샴푸, 칫솔 치약 등 이 것저것을 챙겨 넣으면서는 신이 났다.

생각해 보니 코로나 이전에도 자주 가진 못했으니까, 동네 목욕탕, 정말 오랜만이다. 도보 거리에 있던 유일한 동네 목욕탕이 고등학교 졸업할 때쯤 원룸 타워로 용도 변경된 이후, 목욕하는 날이면 나는 늘 엄마와 버스를 타고 열 정거장을 가야 했다. 내일 갈 목욕탕도 버스로 스무 정거장 이상을 가야 하니, 목욕탕 가는 날은 그야말로 '때깔 다른 나들이' 날인 셈이다. 새벽 6시. 가볍게 옷을 챙겨 입고 전날 챙겨둔 가방을 들고 집을 나섰다.

"성인 두 명이요."

엄마와 내가 동시에 손을 뻗었다. 엄마는 현금을, 나는 카드를 내밀었는데, 고운 외모의 나이가 지긋한 여자 사장님은 현금을 가져가셨다.

"현금이 낫지."

"어, 그게…."

뭐라 말을 덧붙이지 못하고 주뼛거리는 동안, 일인 성인 요금 팔천 원씩 총 만 육천 원이 현금 결제됐고, 여차저차 사연을 거쳐 현금영수증을 손에 쥔 난 카운터 맞은편 커튼을 젖히고 여탕으로 들어갔다.

"와, 진짜 옛날식이다."

적어도 내가 기억하는 한에서는 그랬다. 전체 면적을 5로 봤을 때 3은 욕탕, 2는 어림잡아 50개 미만의 사물함과 노란 장판을 덧씌운 작은 평상이 놓인 멀티공간인데, 그때나 지금이나 이 멀티공간에선 옷도 갈아입고, 머리도 말리고, 화장도 하고, 잠시 쉬기도 한다. 사물함 위엔 색은 다르지만 비슷한 재질의 목욕 가방이 인테리어 소품처럼 빽빽하게 열 지어 있었고, 꽤 예스러운 디자인의 귀중품 보관과 공동 장소 사용에 관한 주의 및 안내문이 익숙하지만 강렬하게 눈에 꽂혔다.

"그래, 이거지. 이게 목욕탕이지."

동네가 달라도 오래된 목욕탕엔 내가 기억하는 풍경이 살아있었다. 신식이 아니라서 더 매력적이다.

목욕탕 문을 열고 들어간 순간, 익숙한 냄새가 코끝에 닿았다. 기계적으로 왼쪽에 놓인 플라스틱 바가지와 의자, 대야를 들고 맞은편 거울이 있는 자리에 엄마와 나란히 앉았다. 그리곤 샤워기를 틀어 방금 가져온 플라스틱 바가지, 의자, 대야를 비누를 묻힌 때수건으로 한 번씩 닦았다. 분명 오랜만에 간 목욕탕인데, 이 공간에서 어떤 절차를 거쳐야 하는지 몸이 기억하는 걸 보며 피식 웃음이 났다.

탕 안에 있는 사람은 전부 네 명. 세신사, 때를 미는 손님, 그리고 우리. 언뜻 보아도 스무 명 정도면 꽉 찰 욕탕에 네 명. 아직 코로나가 끝나지 않았고 붐비는 걸 꺼렸으니 사람이 적은 게 싫지는 않았지만, 욕탕 문을 열고 들어왔을 때 코끝에 닿던 더운 김 대신 썰렁한 기운이 뭔가 아쉽다는 생각이 들었다. 게다가 가볍게 몸을 씻고 들어간 열탕도 손님이 적은 탓이었는지 미적지근했다. 탕 안에 앉아 주변을 둘러보니 사우나실이 있어도 운영하지 않고, 군데군데 마스크 착용에 대한 안내문도 있어, "아, 코로나!"라는 탄식과 함께 무거운 현실이 다시 가깝게 다가왔다.

어렸을 땐 "때 밀기 쉽게 몸을 충분히 불리고 와."라는 엄마 말에, 반강제로 뜨거운 욕탕에 들어갔다가 몇 분 견디지 못하고 건너편 냉탕에 오가기를 반복했다. 때를 불리는 요령이 어느 정도 생긴 후엔 딱 갈 곳만 갔고, 이후엔 밀리면 밀리는 대로 아니면 아닌 대로 내 몸을 편히 놔뒀다. 오랜만에 목욕탕을 전세 내다시피 한 나는, 탕 안에서 소심하게 물장구도 쳐보고 개구리헤엄 자세도 취해봤는데, 아뿔싸. 이젠 탕이 좁다.

탕에서 나와 거울을 마주 보고 앉아 때를 밀기 시작했다. 생각만큼 밀리지 않는다. 힘을 주어 밀어보고 세심하게 한 곳만 집중 공략을 해봐도 피부만 붉어질 뿐 효과가 없다.

그러다 아무 생각 없이 때수건으로 얼굴을 밀었는데, 우왁! 따끔함과 화끈함이 동시에 밀려왔다. 거울을 보니 얼굴은 붉게 변했고, 때수건이 지나간 자리엔 빗살무늬토기처럼 유려한 빗금이 선명했다.

"너무 아프다….”

"그러게, 얼굴을 왜 때수건으로 미냐?”

"아니, 때가 안 밀리니까 그냥 살짝 대어본 건데….”

때수건이 지나간 얼굴엔 붉은 기운이 가득했고, 나는 어차피 나오지도 않을 때 밀기를 포기하고 대충 헹군 후 밖으로 나왔다.

"따끔거린다… 아프다….”

엄마는 '나이가 몇인데 아직도 애 같냐'라는 뉘앙스가 담긴 웃음을 지어 보였다.

머리를 말리고 옷을 입고 준비를 다 마친 후에도 얼굴은 쉽사리 가라앉지 않았다. 거기에 미련하게 가지고 간 스킨과 로션을 바르니 통증은 덤이다.

"어쩌냐?” 분명 위로인데, 엄마 얼굴이 웃고 있다.

"이봐 봐, 얼굴에 선 그어졌어. 으악!"

나는 다시 얼굴을 자세히 들여다봤다. 그리곤 포기했다.

어느새 맞은편에는 고운 외모의 세신사가 앉아계셨고, 나와 눈이 마주쳤다.

"제가 목욕탕이 너무 오랜만이라, 아무 생각 없이 때수건으로 얼굴을 밀었다가 이렇게 됐네요. 하하하."

누가 봐도 눈에 보일 상처라, 그냥 스스로 밝히는 것으로 방향을 바꿨다.

내 얼굴을 바라보던 세신사는 흉 지지 않게 꼭 오이를 갈아서 마사지하라셨고, 집에 갈 때 꼭 오이를 사 가자던 우리는, 목욕탕을 나오면서 그 당부를 깨끗하게 잊어먹었다.

나오면서 우린 매표소가 특색 있다며 한 장, 남녀 신발장이 쭉 놓인 복도에서 또 한 장, 그렇게 스냅 사진을 찍었다. 어렸을 땐 핸드폰 카메라도 없었지만, 지금처럼 사진을 찍어 간직하겠다는 의지가 적었는지 목욕탕을 배경으로 찍은 사진 한 장이 없다. 엄마 손에 이끌려 목욕탕에 다니던 내가, 그때의 엄마 나이보다도 훨씬 더 자랐다는 현실 자각과 함께, 문득 여전히 이렇게 공유하고 공감할 수 있는 공통 장소가 있어 참 좋다는 생각이 들었다. 이제는 혼자서 다 할 수 있지만 그래도 가끔은 등을 밀어주던 누군가가, 살과 살이 맞닿으며 전해진 온기가 그리운 날이 분명히 있을 테니까.

ⓐ 청파로 신신탕, 2022. 7.

목욕 메이트

때수건은 요물

'목욕탕' 하면 생각나는 것과 목욕탕 갈 때 꼭 가져가는 것은?

내 경우 두 가지 조건을 충족한 답은 '때수건'이다. '때밀이 타월', '이태리타월' 등의 이름으로 불리는 이 얇고 가벼운 물건은, 어린 시절엔 공포의 대상으로 커서는 애증과 애착의 경계를 줄타기하는 요물이다.

때수건과의 첫 만남은 엄마를 따라간 어린 시절 목욕탕에서 이뤄졌다. 지금이라면 피부와 때수건 사이 밀당을 즐기며 때를 밀었겠지만, 그땐 엄마 컨디션에 따른 힘의 출력이 곧 때의 양을 좌우하다 보니, 몸을 내어 준 내가 느끼는 고통 따위는 중요한 문제가 아니었다. 그래도 매끄러워진 피부를 보며 '이게 그 보상이구나' 위안을 삼아보지만, 그 유효 기간은 너무 짧았다.

그래서 알고 싶어졌다. 대체 어떤 때수건이 내게 맞는 것인지.

어떤 것을 사야 손쉽게 때를 밀 수 있는 것인지. 그래서 즉시 종류별·브랜드별 때수건을 구입했고, 사용했고, 판매자의 설명과 나름의 판단 기준을 더해 이런 결론을 얻었다.

때수건은 기본 두 개가 필요하다. 하나는 시작 단계에 쓸 부드러운 때수건, 다른 하나는 본격 작업에 쓸 목욕탕에서 파는 노란색과 초록색의 그 때수건. 때수건에도 강도 차이가 있다. 40, 50, 60, 70, 80까지 있는데, 40은 부드럽고, 50은 보통, 60은 강, 80은 최강이다. 세신사는 60, 70, 80을 쓴다. 최강 80은 검은색으로 물에 젖으면 색만큼 그 위력도 어마어마해진다. 마른 상태도 아주 위험하다!

때수건이라고 다 같지 않다. 송월, 이태리타올, 위버 등 브랜드에 따라 제품 기능엔 차이가 있다. 시각과 촉감이 예민한 사용자라면 같은 때수건이라도 앞면과 뒷면 그리고 속 재질 차이가 있다는 걸 분명 알아챘을 거다. 내가 대중목욕탕에서 산 송월 때수건은 앞면과 뒷면의 섬유 조직이 달라, 하나로 두세 가지 효과를 낼 수 있었다. 또 때수건은 물에 닿으면 크기가 줄어들기 때문에 작은 것보다는 손목을 덮거나 올라오는 크기의 것을 구매하는 게 좋다.

그럼, 장비가 좋으면 때 밀기가 효과적일까? 꼭 그런 건 아니다. 기술에는 연륜이 필요하다. 그럼, 여전히 온탕과 냉탕을 오가며 한없이 때 불리는 시간을 가져야 하는 건가? 그렇지도 않다. 살갗의 성질은 개별 차가 있으니, 본인의 루틴을 따르는 게 가장 이상적이다.

어쩐지 이 글이 좀 무책임하게 읽힐 듯하여 세신사의 비법을 공유하자면, 내가 만난 경력 수십 년의 세신사는, 먼저 식초와 물을

1:3 정도 비율로 섞어 온몸에 바른단다.(물론 용기에 담아 그때그때 때수 건에 묻혀 사용하는 경우도 많다.) 그런 후 때비누를 점 찍듯이 살짝 때수 건에 묻혀 때를 미는데, 이대로만 하면 상상 이상의 광경을 목격하 게 된다고 한다.(얼마 전 세신사를 통해 때를 밀어 본 결과, 식초를 사용하면 건성 피부도 실제로 때가 잘 밀렸다.) 몇몇 세신사를 통해 확인한 정보지 만, 비율과 효능에는 약간 차이가 있을 수 있다. 알다시피 모든 정 보에는 변수가 존재하니까. 그래도 때수건에 식초 물을 뿌리는 건 같았다.

때수건의 사용 여부는 개인의 선택이다. 하지만 최소 한 달에 한 번이라도 샤워보다 심층 단계의 목욕은 꼭 필요하다고 한다. 씻 는 것만큼 중요한 건 보습. 속 건조를 피하고 싶다면 때 민 후, 목 욕 후 보습도 잊지 말자!

목욕 메이트

오해했네, 쏘리!

"적당량의 거품을 내 몸에 문지르고, 2~3분 후에 때를 미세요.
힘을 들이지 않고 때를 벗길 수 있습니다."

　때비누의 존재를 안 건 십여 년 전이다. 한창 수제 비누를 만들
어 쓰던 때, 늘 새로운 레시피를 탐색하고 있었다. 그러던 중 등장
한 것이 바로 때비누였다. 쌀겨를 넣어 만든 때 전용 비누. 목욕계
의 센세이션을 느껴 보려고 한 상자를 만들며 실험자의 마인드를 장
착했었지만, 의미 있는 결과를 도출하지 못했다. 다른 비누에 비해
알갱이가 좀 더 있을 뿐. 결국 이전처럼 강도를 높여 밀어 댔다. 밀
려 나오는 나의 조각들이 때비누 덕이었는지, 내 팔 힘 덕이었는지.
당시 결론은 후자였다.
　지금 내 앞에 세 개의 때비누가 놓여 있다. 여전히 의심의 눈초

리로 바라본다. 어떤 걸 먼저 뜯을지도 이 실험에 변수가 될 듯해, 꽤나 신중하다.

욕실 거울이 점점 뿌예지고, 욕조의 물이 다 차올랐다.

그래, 결정했어. 그나마 안내문이 있는 너로!

'한방때비누'를 뜯는 순간, 몽글몽글한 수증기 사이사이를 한약방 냄새가 채웠다. 몸을 먼저 담갔다가 비누칠을 할까? 그냥 할까? 모든 선택이 실험이다. 척추를 기준으로 왼쪽이 실험군, 오른쪽이 대조군. 비누 거품으로 왼쪽 팔, 왼쪽 다리, 왼쪽 옆구리를 문지른다. 이제 3분을 기다려야 하는데, 일단 욕조 안에 들어간다. 이런, 물에 비누가 씻겨 나가잖아! 다시 욕조 밖으로 왼팔, 왼쪽 다리를 빼놓고 비누칠을 한다. 오른쪽으로 비스듬히 돌려볼까? 오히려 비스듬한 등받이에 몸이 불편하다. 벽에 다리를 들어 엘(L)자를 만들어 놓으니 조금 수월하다. '플라이 미 투 더 문(Fly me to the moon)' 노래가 떠올라 흥얼댄다. 구간 반복을 몇 번 하고 나니 이제 결과를 살펴볼 때다.

먼저, 실험군을 살펴보자. 물에 담갔다가 뺀 비누가 사라진 왼쪽 다리, 맨손으로 슬쩍 만져 본다. 기름기를 제거한 다리를 슬슬 밀어 보는데, 이게 때가 밀리는 건가? 시작부터 들었던 의심이다. 그럼 그렇지 하는 주홍 글씨를 다시 씌우려는 순간, 실험정신을 한 번 더 발휘해 본다. 거품을 다시 묻히니 때수건의 움직임이 한결 부드럽다. 감촉도 고양이의 혓바닥보다 부드럽다고나 할까? 길게 길게, 둥글게 둥글게 같은 모양을 내고, 살짝 거품을 거둔다. 혹시나 했는데 다리에는 실험의 결과물이 눈에 띄지 않는다. 그렇다면 때수건은 어떨까? 거품을 거둬 내자 뭔가 미세하지만 탁한 기운의 것들이 자리하고 있다. 고운 파우더를 뭉친 것 같은.

이제, 대조군을 보자. 뜨끈한 물에 10분 정도 불은 대조군의 비누 거품을 바로 제거하고, 때수건만으로 밀어 보았다. 안 밀린다. 좀 더 세게, 음, 밀린다. 그리고 드디어 국수가게 오픈! 하지만 가게를 오픈하자마자 따갑다. 때 밀기에 성공하지만 벌겋게 된 피부로 마감한다.

여기서 추가 실험으로, 때를 밀고 난 실험군을 때수건만으로 밀어 보며 결과를 다시 보기로 했다. 한 번 밀린 곳, 부드럽게 밀렸기에 과연 다 밀렸을까 했던 실험군이 제대로 밀렸는가 하는 의심에서 출발한 실험이다. 결과는?

실험군은 제대로 밀린 것이다! 30여 분을 이리저리 밀고, 기다리고, 씻고, 비누칠한 결과 때비누는 때를 밀리게 한다.

자, 지난날의 오해에 오늘 때비누칠을 하자. 그리고 밀어내자. 다만 눈에는 안 찰지도 모르겠다. 마음의 때까지 밀어 버리겠다는 비장함이 아니라면 이젠 때비누를 종종 이용하고 싶다.

아참, 비누만으로는 효과가 없을 수 있다. 때비누의 단짝, 때수건. 함께해야 비로소 시너지를 발휘한다. 노랑, 핑크, 연두, 맘에 드는 것을 고르시라.

우유 예찬

목욕탕에서 마시지 않으면 왠지 서운한 음료가 있다. 바로 우유다. 속 깊은 우유의 맛을 알게 된 곳도 목욕탕이다. 지금이라면 이유 불문하고 생수에 먼저 손이 가겠지만, 유년기에는 깨끗한 신체를 위해 열성을 다하다 소진된 수분과 에너지를 보충하기 위한 선택은, 오로지 우유였다. 빨대 꽂은 우유 없이 목욕탕 문을 나서는 건 상상할 수도 없었다.

목욕탕에선 저돌적으로 되어버리는 우유에 대한 집착은 아마도 유년기부터 길든 조건 반사의 결과겠지만, 목욕탕만 가면 무조건 당기는 이 현상이 과연 나에게만 한정된 건지, 다른 이들도 그런지 궁금해졌다. 그래서 목욕탕 조사를 다니며 가장 잘 팔렸던 음료에 대해 질문을 해봤다.

"목욕탕에서 가장 많이 찾는 음료는 뭐예요?"

결과는, 허무하지만, '그때그때 달라요'다. 내 주위 또래 여성들은 초코 우유, 바나나 우유가 대세였지만, 혹자는 커피, 혹자는 캔 식혜, 혹자는 맥콜, 혹자는 청량음료나 스포츠음료로 선호 음료가 다양했다. 대부분의 목욕탕 업주가 "남자들은 음료수를 잘 안 마셔요."라고 말하는 것으로 보아 음료는 아이나 여성들이 주로 소비하는데, 그래서인지 목욕탕 냉장고에는 여성 취향의 기본 음료만 가득하다. 거기서도 우유는 독보적이다. 특히 흰 우유.

찜질방이 생긴 후엔 아이스 커피나 시원한 녹차, 식혜와 함께 맥반석 달걀이 대세였다. 작지만 한증막이나 찜질방을 갖춘 목욕탕에서도 아이스 커피나 시원한 녹차, 식혜와 달걀은 베스트셀러였다. 코로나가 오기 전까진. 코로나 이후엔 '먹지 않는 것'이 예의였고, 그 시간이 길어져 먹지 않는 습관이 생겼다. 우유의 위세는 시들긴 했지만 그래도 목욕탕 냉장고에서 사라지진 않았다.

'왜 그럴까?'

목욕탕에서 우유의 존재감은 독보적이다. 우유는 마시기도 하지만 바르기도 하니까. 지금은 좀처럼 보기 어렵지만 1990년대엔 개인 강판을 갖고 와 채소를 갈아 얼굴이나 몸에 바르는 사람, 오일이나 요플레, 각종 미용 제품을 전신에 바르는 사람들이 많았다. 이로 인해 목욕탕 안에서 발생한 시비나 피로감도 컸다. 우유도 그중 하나였다. 지금은 대부분의 목욕탕에서 안전과 위생을 이유로 기본 목욕 제품 이외의 것을 사용하는 것을 금지하지만, 우유는 건재하다. 아이처럼 피부가 약하거나 예민한 경우 우유를 수건에 묻혀 닦기도 하고, 팩이나 마사지를 해도 피부 뒤탈이 없는 게 우유였으니까. 호텔이나 개인 에스테틱 숍에서도 우유 마사지는 몇만 원을 호가해도 꾸준히 인기몰이하는 스테디셀러다. 2,000원 미만의 200mL 한 팩이면 영양도 채울 수 있고, 피부도 부드럽게 유지할 수 있으니, 우유! 고것 참 사랑스럽지 아니한가.

목욕탕엔 꽤 신기하면서도 요긴한 발명품들이 많다. 등밀이 기계도 그중 하나다. 동전만 넣으면 자동으로 등을 밀어주는 등밀이 기계는 1981년 국내에서 개발됐다. 이태리타월이라 불리는 때수건이 1960년대 발명되었으니, 기계화까지는 생각보다 시간이 걸린 셈이다.

'동전을 넣으면 일정 시간 모터가 가동되어 반구형의 등밀이 구가 회전되는 원리'의 등밀이 기계 발명가는 부산시 서구에 사는 손정기 씨. 이후에도 비슷비슷한 제품들이 특허 등록을 할 정도로 인기가 많았는데, 지금도 그렇지만 목욕비의 두세 배 되는 세신비가 부담스럽거나 혼자지만 시원하게 등을 밀고 싶을 때, 장애가 있는 경우, 단순 호기심에라도 어찌 이 매혹적인 기계에 혹하지 않을 수 있을까. 정작 동네에서는 본 적 없지만 타동네 목욕탕을 조사하며 만난 등밀이 기계는 대부분 삼성기계공업사의 제품이었다. 기계 상용화의 이유를 알고 싶어 본사가 있는 부산을 찾았다.

등밀이 기계라는 게 저는 좀 생소한데, 설명 부탁드려요.

등밀이 기계는 40년쯤 전에 여러 수요에 의해 독일이랑 일본에서 나왔어. 처음에는 나무나 쇠로도 만들었는데, 둘 다 탕 안에 오래 두고 쓰긴 약하거나 녹슬고 전기가 통하니 위험하잖아. 그걸 우리가 녹도 안 슬고 전기도 안 통하는 플라스틱(PVC)으로 만들어서 대중화한 거지. 독일제나 일제는 당시 금액이 몇백만 원으로 너무 터무니없이 비쌌거든. 그걸 국산화하고 상용화해서 보편적으로 쓸 수 있게 했고, 30년 넘게 만들면서 일본이랑 동남아, 중국에도 수출을 좀 했고. 이거 말고도 물대포나 목욕탕 관련해 여러 가지 기계도 같이 만들고 있어.

목욕탕 기계에 원래부터 관심이 많으셨어요?

총각 땐 회사 생활했지. 인생 살다 보면 직업이 서너 번 바뀌어. 인문계 출신이지만 기계 장사를 해보니 '내가 만들어서 한번 해볼까?' 싶더라고. 아무리 좋은 기계라도 시장성도 있고 가격도 맞아야 하니 이래저래 시도를 해봤는데, 다른 사람을 시키니 한두 대 만들다가 말고 이러잖아. 그럴 바에는 내가 만들자 한 거지. 사실 완벽한 기술자는 없어, 시장에 내어 봐야 아는 거지. 소비자가 원하는 걸 잘 반영하면 되는 거야. 안전하고 A/S도 잘되게.

저 어렸을 때만 해도 등은 서로가 밀어주는 게 자연스러운 거였는데.

그렇지. 목욕탕엔 어디든 서로 등 밀어주는 문화가 있었지. 지금은 다르니까. 게다가 요즘 같은 때 노약자나 애들이 일일이 이삼만 원씩 주고 때를 밀 수도 없으니, 기계에 대한 수요가 생긴 거지. 전국에 장애인 목욕탕이 있어, 정부에서 만든. 그런 곳에선 아주 유용하지. 뉴스에 나온 기사를 보고 우리가 설비 기증을 한 적도 있어. 버튼만 누르면 알아서 멈추는 자동화 시스템이라 사용하기 쉽고 편하니까 몸이 불편한 분들께는 도움이 되잖아. 나중에 고맙다고 시에서 상패를 해주시더라고.

진짜 좋은 일 하셨네요. 어느 기사에서 경상도 이남 지방에만 이 기계가 있다고 봤는데, 서울에도 있더라고요.

대중목욕탕에는 있는데, 고급 사우나에는 이런 게 없지. 세신사들도 먹고 살아야 하는데 지장이 있으면 안 되잖아. 한국 세신사는 단순하게 목욕탕에서 때를 미는 직업이 아니라 임대차 개념이라 그 탕 안에 설비 설치 권리는 세신사한테 있지 목욕탕 주인한텐 없어. 그럼에도 경상도, 전라도 이쪽 거의 90%가 등밀이 기계를 설치한 이유가 뭐냐면, 여긴 목욕탕 주인들이 세신사 눈치 안 보고 임대도 안 하고 내 마음대로 해서야. 손님만 원한다면 뭐든지 해주는 목욕 문화가 발달되어 있거든. 목욕 문화는 부산 경남 쪽이 서울 쪽보다 발달했어. 업장도 깨끗하고 시설도 잘됐고.

여기 말고 다른 곳에서도 만들죠? 등밀이 기계.

한 열 몇 군데 있었어. 대한민국엔 '독점'이란 게 없어, 특허 아니라 특허 할아버지를 내고 해도. 근데 이게 팔 때는 좋은데 사후 관리가 안 돼. 게다가 목욕탕 주인들이 깐깐하거든. 우리는 성능을 인정받아 기계를 납품했지만, 기계를 잘못 만들어 내거나 여러 사정이 있어서 유지를 못하는 곳들이 많더라고. 옛날에 엉성하게 만들고 몇백만 원 하던걸, 우리가 몇십만 원에 튼튼하게 만들어 줘서 보편화된 거니까. 사용 후 만족도도 높고, 없으면 여러 사람 불편하기도 하고. 근데 앞으로는 모르겠어. 코로나 때문에 우리도 치명타를 많이 입었으니까.

첫 시제품 만들 때 고생이 많았을 것 같아요. 뭐든지 처음이 가장 어렵잖아요.

기획하고 시제품 나오는 데까지 일 년 정도 걸렸어. 그 당시에 FRP (섬유강화플라스틱)도 나왔고, 만들던 곳도 두세 군데 있었는데, 플라스틱으로 이렇게 가볍고 실용적으로 만든 건 드물었지. 디자인은 비슷했는데, 써 보고 괜찮으니까 잘 팔린 거 아니겠나. 우리가 만들어 낸 게 만 오천 대, 근 이만여 대 가까이 돼.

등밀이 기계에는 원판에 끼는 이태리타월도 필요하잖아요. 이건 라이선스 비용을 주는 거예요?

라이선스 뭐 그런 건 없어. 이태리타월 공장이 한 군데만 있는 것도 아니고. 공장끼리 계약해서 진행하는 거지. 우리 원판이 동그라니까 수건 원단을 이 모양으로 잘라서 재봉틀로 박아서 쓰는 거고, 원단도 전에는 대부분 국산을 썼는데, 지금은 중국에서 원사를 들고 와서 여기에서 가공하고. 다 시장에 맞춰서 만드니까 우리 공장에서는 우리 상품에 맞게 만든 걸 쓰는 거고. 이게 높은 수가 두껍고 부드럽긴 한데, 이태리타월이 소모품이라 어느 정도 쓰면 옆에 꿰맨 데가 닳아서 바꿔줘야 해. 이거 뭐 천 원에서 이천 원 정도니까 어느 정도 쓰면 바꿔야지.

등밀이 기계가 사람 손보다 더 좋은 점은 뭘까요?

사람은 힘을 써서 미니까 일 분에 얼마 못 밀지만, 이건 일 분에 헤드가 60번 회전하니까 효율적이지. 강도도 기계 가까이 몸을 대면 좀 세게 밀리는 방식으로 조절되고, 비누칠 좀 해서 밀면 사람 손이 미는 것보다 더 부드러워. 가정용도 있는데, 그건 업장 나가는 것보다 크기도 작고, 헤드 굴곡도 몸에 맞춰서 좀 더 부드럽게 밀리게 만들었어. 왜냐하면 요렇게 홈이 있어야 구부정한 등도 밀고, 배도 밀고, 궁둥이도 다 밀지. 이래야 자기가 몸 미는 것보다 조금은 쉽지.

(사용 후) 오오. 직접 사용해 보니 완전히 마사지 받는 건데요? 올록볼록한 돌기가 너무 시원하고 부드럽게 밀려요. 전혀 예상하지 못한 지점이에요.

그런 식으로도 되어 있고, 다른 헤드도 있고. 피부에 좋은 걸로 다양하게 개발하다 보니 종류가 여럿이야. 우리가 이 분야 선두 주자라

개발도 하고 우리 제품에 사용되는 건 다 자체 제작을 해. 플라스틱이라 녹이 안 스는 건 기본이고 전기도 잘 안 잡아먹어. 최고 절전 모터를 쓰니까. 그래도 이태리타월이나 모터, 헤드는 소모품이고 고장도 나니까 별도로 팔기도 해. 기계가 고장 안 난다하믄 그것도 사기꾼이지. 샤워기도 가정집에서 쓰면 십 년, 이십 년 쓰지만, 목욕탕은 일 년 쓰면 고장 나. 목욕탕 같은 데는 워낙 험하게 쓰니까.

공장에 오기 전에 상상한 것보다 종류가 더 다양하고 실용적이고 예뻐요. 완전 탐나네요. 지금까지도 열심히 해오신 게 눈에 보입니다. 앞으로의 바람이 있다면요?

우리 제품 중에 젤 많이 팔린 게 등밀이 기계야. 주력 상품이긴 하지만 이것만 해서는 못 먹고 살지. 물대포라고, 신축 목욕탕에 파이프를 심지 않아도 사용할 수 있는 물 안마기가 있어. 물론 이거 외에도 35년의 축적된 노하우와 기술력으로 만든 다른 제품들도 있고. 우리가 목욕탕용 특수 기계 전문 제작 업체 아니겠나. 목욕탕은 기본적으로 습기도 많고 전기 위험도 있는데, 우린 뭐든지 튼튼하고 저렴한 제품 만들고 최선을 다해 납품하고 전국 어디에서나 A/S를 손쉽게 받을 수 있도록 최선을 다하고 있으니, 많은 분이 더 찾아주셨으면 해.

열정적으로 제품을 설명해 주신 삼성기계공업사 이강훈 대표님. 멋스러운 백발의 노신사가 작업복을 입고 손수 하나하나 재료를 조립해 가며 처음 생산한 기계부터 현재 출시하고 있는 제품들까지 애정을 담아 설명해 주는 동안, 1990년대 초 한참 인기를 끌었던 한 보일러 업체의 상업 CF 카피가 떠올랐다. 2020년대에는 이 말이 유행했으면 좋겠다.

"우리 집에 등밀이 기계 놔야겠어요."

2022. 8. 삼성기계공업사 이강훈 대표

알아두면 인정받는
목욕탕 핵심 예절

인간계 기본 예절(feat. 나도 모르게 미움받는 이유)

① 다른 사람 몸을 흘깃흘깃 보지 않는다.

② 바가지, 의자 등은 1인당 하나씩, 다 쓴 후엔 제자리에 둔다.

③ 물은 쓸 때 쓰고 안 쓸 땐 꼭 잠근다.

④ 탕에 들어가기 전 반드시 머리를 감고 샤워를 한다.

⑤ 옆 사람에게 물이 튀지 않도록 샤워기 방향 및 수압을 조절해 사용한다.(폭포수 목욕 완전 극혐)

⑥ 냉탕, 온탕에서 운동이나 수영을 하지 않는다.

⑦ 오일, 요플레, 염색약, 간 채소 마사지 등 타인에게 불편함을 줄 수 있는 것들을 사용하지 않는다.

⑧ 개인 빨래를 하지 않는다.

⑨ 미끄럼 사고 방지를 위해 주변 비눗물은 완전히 깨끗하게 뒤처리한다.

천상계 예절

① 혼자 온 사람이 있다면 "등 좀 밀어드릴까요?" 해본다.

② 공용 물품은 제자리에 잘 두고, 사용한 옷장 내에 소지품과 쓰레 기가 없는지 확인한다.

③ 내 욕실 쓰듯 물과 공용물품을 아낀다.

목욕탕 1,000% 즐기기 팁

① 바가지, 의자 등 공용물품 사용 전 때수건에 비누를 묻혀서 잘 닦는다.

② 머리부터 발끝까지 가볍게 샤워한 후 온탕에 들어가 근육을 이완시킨다.

③ 냉탕에 들어가 덥혀진 몸을 식힌다.

④ 결이 고운 때수건으로 살살 때를 민다.

⑤ 목욕탕 내 한증막에 들어가 천천히 100까지 세고 나온다.(개인 차 있음.)

⑥ 약간 결이 거친 때수건으로, 본격적으로 구석구석 힘 있게 때를 민다.

⑦ 몸을 깨끗하게 헹구고 나온 후에 로션 등 보습제를 충분히, 꼼꼼 히 바른다.

⑧ 목욕탕을 나설 땐 손에 바나나 우유, 초코 우유, 딸기 우유를, 찜질방에서는 녹차, 식혜, 달걀을, 남탕에서는 맥콜, 커피를 마 셔본다.

때밀이 수건의 탄생 - 이태리타월의 시작은?

때수건의 시조 격인 '이태리타월'은 누가 만들었는지에 관해 일부 논란이 있다. 하지만 당사자들의 사망으로 사실 관계를 명확히 밝히기 어려운바, 특허청 특허 정보 시스템(KIPRIS)에 '접찰주머니를 가진 목욕수건(출원번호 2019670002788)', '목욕용 접찰장갑(2019670002477)', '목욕장갑(2019680001250)' 외 관련 항목을 1967년과 1968년 사이 특허출원 및 등록 기록을 남긴 김필곤 씨를 이 글에선 개발자로 보겠다.

때수건을 만들게 된 설 역시 여럿인데, 경향신문 1997년 2월 19일 자 '때밀이 타월 변천사' 기사에 의하면, 1964년 관광호텔 사장인 김필곤 씨가 일본 관광객이 부산 온천장에 버린 꺼칠꺼칠한 수건에서 힌트를 얻어 만들었고, 명칭은 원단을 만드는 기계인 '이태리식 연사기'에서 따와 '이태리타월'이라고 부르게 되었다고 한다. 자연섬유인 비스코스 레이온으로 만든 이태리타월은 특허등록 후 날개 돋친 듯 팔리며 그 시대의 잇템이자 필수품이 되었고, 이태리타월의 특허권이 끝난 1974년부터 수백 개의 수건 업체가 때수건 제작에 달려들었다고 한다. 당시 목욕비와 맞먹을 정도의 가격이었지만, 호황을 누린 빨간색 때 타올은 1980년 샤워 식으로 목욕 문화가 바뀌며 인기가 시들해졌고, 값싼 중국산 원단이 들어오면서 원단 업체들이 사라지게 됐단다. 참고로, 때밀이 수건 표준규격은 세계 최초로 1997년 11월 7일에 제정됐다.(경향신문 1997. 2. 19. '때밀이 타월 변천사', 1997. 11. 8. '때밀이수건 표준규격 만들었다' 기사 참고)

여탕에서만 드라이기 사용료를 받는 이유는?

요즘은 잘 안 쓰지만 목욕탕엔 백 원짜리 동전을 넣어야 사용할 수 있는 드라이기가 있다. 본체 기곗값이 9만 원 정도로 싸지도 않은데 굳이 이 기계를 둔 이유는 뭘까? 게다가 여탕에서는 백 원짜리 동전 한두 개를 넣어야 쓸 수 있지만 남탕에서는 대부분 무료다. 왜 그럴까?

보편적인 대답은, '여탕에선 드라이 기계를 한 사람이 너무 오래 쓰고, 고장이 자주 나서'란다. 백 원을 넣고 삼 분 동안 쓴 후에 옆 사람에게 양보도 하면 되는데, 머리카락이 짧은 남성들과 달리 여성들은 드라이기를 잡으면 끝이 안 나고, 사용하는 횟수가 많으니 고장도 잦단다. 뭔가 쓸쓸하지만 그렇단다.

때밀이란 이름은 언제 바뀌었나?

예전에는 목욕탕에서 타인의 때를 밀어주고 돈을 받는 사람을 '때밀이'라고 불렀다. 기원에 대한 정확한 기재는 없지만, 직관적인 행위가 직업명으로 굳혀진 듯하다. 그렇게 속칭 '때밀이'는 '비천감을 주거나, 일제의 잔재가 남아있거나, 지나치게 어려운 한자어로 된' 136개의 직업명에 속해 '욕실원'이란 이름으로 바뀔 기회가 생겼지만(경향신문 1985. 12. 26. '때밀이는 浴室員 不適한 職業名 1百36개 바꿔' 기사 참고) 결국 각 부처 의견이 엇갈려 때밀이란 직업 명칭이 유지됐다고 한다.(경향신문 1986. 07. 11. '부르기 어색한 직업 명칭 1백 16개 改善 확정' 기사 참고) 그래도 1992년 한국표준직업분류 4차 개정으로 '욕실종사원Baths Attendants'이란 직종으로 분류(동아일보 1993. 1. 12. '직업 19년만에 39종 늘었다' 기사 참고)되었고 현재는 7차 개정에 따라 '목욕관리사Bathing Attendants'로 불린다. 이들은 이 일에 종사하며 남부럽지 않게 자식과 가족 뒷바라지를 했고, 88서울올림픽 이후부터 1990년대 후반까지 한국식 에스테틱, 속칭 '때밀이 관광'을 체험하기 위해 찾은 한 해 15만 명의 관광객을 유치한 산업 역군이기도 했다. 그중 목욕 문화에 대한 부심이 둘째가라면 서러운 일본 관광객 비중이 80%였다니, 실력은 보증된 셈.

기술과 직업에 대한 가치 평가가 제대로 되지 않았을 뿐, 세상에 비천한 직업은 없다. 모든 노동은 신성하다.

2장

화양연화,
동네 목욕탕

동래 역사와 문화를 보여주는
'토박이' 그 자체

● ○ ○ ○ ○ ○

만수탕

온천 시장 골목 입구에 자리한 만수탕은
온천업을 하며 나눔을 실천하신 어머니의 유산을
그대로 이어받아 2대 경영을 하고 있다.
10여 개의 크고 작은 온천장이 모여 있는 동래온천에서도
늘 그 모습 그대로 자리하고 있다.

　부산엔 신라시대부터 이름난 동래 온천이 있다. '목욕한다'는 말보다 '온천한다'는 말이 더 익숙한, 오가는 사람 족욕이라도 하고 가라고 인심 좋게 노천 온천까지 만든 동네다. 즐길 거리 많은 화려한 도시 부산과 쉽게 연결 지어지지 않는 소박한 이름이지만, 원래 진정한 보석은 쉽사리 그 자태를 드러내지 않는 법. 지하철 온천장역에 내려 도보로 온천장 부근에 들어서면 연공이 쌓인 온천탕들이 곳곳에서 아찔하게 손짓한다. 첫 방문엔 모름지기 원조집이 답. 역사가 긴 동래 온천 지역에서도 사람과 탕 모두 '토박이'로 인정받는 물 좋은 만수탕으로 목적지를 설정하고, 현재 운영을 맡고 계신 열정적인 2대 대표님을 뵀다.

┿┿ 이름에서 좋은 기운이 느껴져요. 만수탕과 만수여관.

아무런 탈 없이 오래 살라는 뜻의 단어인 '만수무강'에서 따온 이름이에요. 무병장수는 모두의 바람이잖아요. 좋은 온천을 찾아다니는 이유도 건강하게 살고 싶어서이고요. 이름 때문인지 돌아가시기 전까지 여기에 오셨던 분들이 많아요. 한동안 안 오신다 싶으면 가족들이 전화해 주세요. 이젠 안 계시니 여기 맡겨 놓은 목욕용품 치워 달라고.

✛✛ 뭔가 찡하네요. 누군가의 일생을 함께하고 있다는 게. 그만큼 만수탕도 역사가 오래되었다는 건데, 소개 부탁드립니다.

제 어머니가 1967년에 시작하셨으니까, 56년 됐네요. 제가 아주 어렸을 때 어머니가 일본에 잠깐 계셨거든요. 거기서 일본 온천을 보고 온천장에 와서 만수탕을 여셔서 여기가 일본탕 느낌이 조금 나죠. 원래는 가운데 동그랗게 탕이 딱 한 개였는데, 너무 낡아서 20년 전쯤 제가 물려받으면서 고친 게 지금 구조고요. 그 외엔 최대한 옛 모습 그대로 유지하고 있어요.

✛✛ 온천탕인 만수탕과 만수여관이 같이 있는 구조잖아요?

네. 전체 2층 건물이고, 1층 앞쪽은 목욕탕, 뒤쪽과 2층은 여관이에요. 원래는 목욕탕을 1층 앞쪽에 조그맣게 하고 뒤를 여관 사무실로 사용했는데, 지금은 여관 사무실이 있는 만수여관에서 독탕 손님을 받고 있어요.(만수탕은 가로가 긴 건물 형태로, 건물 정면을 볼 때 오른쪽 앞쪽은 대중탕, 왼쪽 뒤쪽은 여관 및 독탕으로 운영 중이다.)

+++ 그러니까 여관이 아닌 독탕 개념으로 손님을 받고 있다는 얘기인 거죠?

네. 독탕은 여관 허가를 받아야 할 수 있다고 해서 허가받으려고 방을 10개 만든 거죠. 저희가 사는 방도 객실로 들어가고요. 덕분에 제가 방을 아주 넓게 사용하고 있습니다. 봐서 아시겠지만 이 건물이 처음부터 전체 구상을 갖고 지어진 게 아니고, 1층 만들어 놓고 추가 공간을 만들면서 올린 거라 내부 구조가 좀 복잡합니다.

+++ 말씀하신 대로 건물 내부 구조가 독특하더라고요. 근데, 앞서 얘기한 독탕이라는 개념이 좀 모호한데, 단독으로 쓰는 탕을 말씀하시는 거죠?

네, 탕이 크지 않아서 혼자나 두세 명 정도는 사용 가능해요. 방은 크기 별로 있고요. 독탕 쓰는 분들은 선호하는 방이 따로 있어요. 다리 아픈 분들이 2층보다 1층을 선호하는 것처럼요.

+++ 목욕하기 위한 개인 준비 공간이 여관방이 된 거네요. 그렇게 알고 보니 내부 구조가 쉽게 이해돼요. 만수탕과 만수여관 1대 사장님인 어머니께서 고생을 많이 하셨을 거 같아요. 건물 짓고 유지하느라.

그렇죠. 어머니는 불교 신앙이 강한 분이셨어요. 자기 살림보다는 종교 관련 일에 정성을 들였고, 이웃들에게 베풂을 더 많이 실천하셨죠. 언니가 있고 제가 막내인데, 저희 어렸을 때 아주 부족하게 살지도 않았지만 그렇다고 아주 넉넉하지도 않았어요. 사월 초파일 있죠? 그거 공휴일 만드는 일에 적극 동참하셨고, 다니는 절에 부족한 게 있다고 하면 그거 먼저 채워주시고, 아픈 분들, 나이 든 분들 무료 목욕 제공해 드렸던 분이세요, 저희 어머닌. 그러다 보니 재정적으로 부족한 곳들이 좀 생겨나기 시작했고요. 저 초등학교 땐 대출이 참 어려웠거든요? 그런데 워낙 베푸는 일에 돈을 많이 쓰시니 자금이 없잖아요. 그래서 돈만큼 터를 확보하고 난 다음에 공간을 넓히다 보니 구조가 이상할 수밖에 없죠.

╋╋ 이 건물 앞 골목도 원래 이 정도로 안 넓었다면서요?
원래 작은 수레 차가 겨우 지나갈 정도였는데, 어머니가 터를 사서 구청에 기증하셨어요. 도로를 내라고요. 어머니가 장녀셨는데, 저어릴 적에 이모들이랑 돈 얘기하는 거 듣고 '우리 집에 정말 돈이 없나?'라고 생각했고, 그 때문에 뭘 사준다고 해도 됐다고 하고 '내가 아껴야겠다'라고 생각할 정도였다니까요, 그 어린 마음에도. 정말 억수로 검소하게 살았어요.

╋╋ 어머니께서 적극적으로 봉사를 하게 된 계기가 있었나요? 주변에서 도움을 많이 받으셨다던가.
그런 건 없었어요, 주로 베푸셨던 분이라. 제게도 그러셨거든요. "너보다 잘 사는 사람도 많지만 아닌 사람도 많아. 시장에 다녀보면 길에 앉아 고생하는 사람도 있잖니. 그러니 너는 이런 공간에서 살 수있는 것만으로도 고맙다 생각하고 살아라." 하고요.

+++ 선한 분이셨네요. 욕심도 내려놓으셨고. 목욕업은 대부분 타인을 위한 마음이 보통보다 큰 분들이 운영하시더라고요.

그렇죠. 60, 70년대에는 목욕탕이 적었잖아요. 목욕탕 쉬는 날에는 양로원이나 정신병원 등 사회복지시설에 계신 분들이나 스님들을 다 오라 하셔서 무료 목욕을 제공해 주셨어요. 그 일로 부산시장 표창장도, 감사장도 받으셨고요. 어머니 장례도 통도사에서 치러주셨어요. 그동안의 공로에 대한 보답으로요.

+++ 어머님이 운영하셨을 때는 여기가 아주 잘 됐나요?

그때엔 목욕시설이 보편화되지 않았던 때라, 애들이고 어른이고 무조건 목욕탕에 와서 씻어야 했어요. 지금은 목욕비가 팔천 원쯤인데, 그때는 몇백 원 할 때거든요? 근데 공짜로 목욕하는 분들도 많고 스님들께는 무제한 무료로 제공하다 보니, 사람이 많이 와도 체감을 못 했어요. 다들 돈 좀 벌면 건물 올리고 그랬는데, 우린 그러지 않고 다 베푸셨으니까요. 어머니도 정말 검소하게 사셨고요. 오히려 제가 유산으로 빚을 받았죠.

+++ 근데 대표님이 이어받은 후부터는 시대 분위기나 영업 환경이 달라졌잖아요. 처음 맡아서 운영할 때 어려운 점은 없으셨어요?

뭐든 돈 많이 되는 건 서로 하려고 하는데, 이건 그렇지 않으니 저도 고생 참 많이 했어요. 종업원 안 쓰고 직접 필요한 일을 하니까 유지가 가능한 거지, 안 그러면 정말 버티기 힘들어요. 여관도 같이 봐야

하는데 제가 쭉 붙어있을 수도 없으니 '목욕하실 분은 연락주세요'
라는 글과 제 전화번호를 여기저기다 써 붙여두었고, 오시면 저한테
바로 전화할 수 있게 해뒀죠. 그렇게 안 하려면 최소 두 명은 있어야
하니까요. 복욕탕은 허드렛일이 엄청나게 많아요. 장갑 끼고 펜치
들고 다녀야 하는 경우도 많고요. 저희 어머니가 엄한 분이셨거든
요. 사람이 있어도 제 할 일은 제가 다 하게끔 했어요. 그러다 보니
자연적으로 습득된 노하우 같은 게 생긴 거 같아요. 제가 혼자 하는
거 아니까 가끔 손님들이 치워주고 "젊은 사람이 힘들겠네! 우리가
하면서 좀 치워놨어."라고 말씀하신 적도 있어요.

‡‡ 그럼 세신사도 안 계신 거죠?
네, 저희만 없어요. 목욕탕엔 세신사가
기본이지만, 저희 집에 있던 세신사가 손
님을 몽땅 끌고 다른 집으로 가서 그 이
후로는 세신사 안 들여요. 보통 다른 집
갈 때는 6개월 정도 기간을 둬요. 그 룰
도 어기면 안 되지만, 상대방 주인도 그걸
알았을 때는 절대 그 사람을 채용하면 안
되는데, 그렇지 않더라고요.

‡‡ 대표님은 원래 다른 전공 하셨잖아요. 목욕탕과는 결이 다른.
원래 미생물학을 전공했어요. 동기 중에 교수 된 사람들도 많고요.

저는 여기를 비울 상황이 못 되었던 건데, 어머니 친구분들은 사정을 잘 모르시고 "니가 공부를 그렇게 했는데, 이런 일 하고 있냐." 하는 분도 계세요. 근데 저는 유산이 빚이잖아요. 학교에서 실험하고, 세척하고, 거의 막노동 수준으로 일을 하고 그렇게 단련돼서 원래 계시던 분이 그만두시면 대타 안 쓰고 제가 그 일 다하면서 살았어요. 이거 하면서도 한 3년 정도는 실험실 알바도 했고요.

++ 전공 얘기를 들어서 그런지 수질 유지에도 더 신경을 많이 쓰실 것 같아요. 여기 물은 어떻게 다른가요?

여긴 원탕입니다. 자가공 백 퍼센트 온천물이에요. 우리 집에서 목욕하면 정말 달라요, 일반인이 알아채긴 좀 어렵겠지만요. 저희는 옥상에 있는 물탱크에다 물 받아서 탕에 넣어요. 물 온도가 높아서 바로 못 쓰니까 하룻밤 정도 식혀서 쓰고요. 온천법이 강화돼서 자가공이든 시에서 받아 하든 온천법 규정대로 써야지 허가량 초과하면 벌금 물어요. 양탕장에서 보급받는 물은 기본적으로 비싸고요. 일반 지하수가 톤당 십 원이면 온천수는 백 원이에요. 요즘은 자원보호 차원에서 증축이나 신축을 할 때 물 순환하는 시스템이 없으면 허가를 안 내줘요. 그걸 악용하는 경우도 있다던데, 그런 면에서 저는, 아는 분들은 찾아올 거라는 믿음이 있어요. 자신도 있고요. 저희 집 물은 예전과 똑같다는 거, 그게 제가 여길 유지할 수 있는 명분이죠.

✛✛ 온천수에 관한 여러 말이 있잖아요. 피부 치료나 식음 관련해서.

온천수가 아토피나 피부병을 치료해 준다는 말이 있는데, 그건 온천 물이 식염천이라 그래요. 해운대도 만수탕 물도 단순 식염천이거든 요. 그래서 덜 가려운 거죠, 낫는다기보다. 온천수를 마셔도 되냐는 질문도 많이 받는데, 마셔도 되는 게 있고 아닌 게 있습니다. 온천 물에 아주아주 극미량 들어가 있는 성분 하나가 먹는 물 수질검사에 걸리거든요. 물론 그게 문제가 되려면 이 건물만큼의 물을 마셔야 문제가 되긴 하지만요.

✛✛ 다른 곳과 여기 물이 다르다고 직접 느낀 계기가 있을까요?

사실 저는 다른 집에 가서 목욕을 해본 적이 없어요. 수학여행 갔을 때 샤워해 본 정돈데, 피부가 받아들이는 게 끈끈하다고 해야 하나? 뭔가 개운하지가 않더라고요. 근데 손님 중엔 어떤 피부과에서 저희 집이 원탕이니 여기 가서 목욕해 보라고 추천받았다고 오시기도 하고, 아기가 발진이 있어서 물 좀 가져가고 싶다는 분도 계셨고, 혼자 오는 남성 중에 물 받아가는 분도 계시고요. 그래서 아는 거죠, 다르다고.

✛✛ 코로나19를 빼놓고 얘기할 순 없잖아요. 여기도 영향 많이 받지 않았나요?

저는 별로 그전이랑 차이가 안 나요. 워낙 탕 자체가 작아서 수용인 원이 적거든요. 꽉 차야 열 명 남짓? 샤워기도 몇 개 없고요. 게다가

독탕이 있으니, 목욕탕에 손님 없을 때 오시면 같은 돈으로 가끔 상황 봐서 독탕을 드렸어요. 한두 사람 때문에 물 다시 받는 것보다는 돈은 안 되지만, 물 절약하는 게 더 낫잖아요. 근데 그게 또 일반화가 되면 안 되니까, 멀리서 오시거나 처음 오시거나 하는 분들께 말씀드리고 혜택 드렸죠.

+++ 목욕탕 하면서 보람 느낀 적 많이 있으시죠?

그렇죠. 시설이 좋은 건 아니지만 물 좋다고 다른 곳 다 제쳐두고 찾아주는 분들이 계시니까 정말 감사하죠. 또, 오셔서는 "이거 오래도록 지키고 있어서 고맙다."라고 말씀하시니, 그럴 때도 보람 느끼고요.

+++ 혼자서 목욕탕과 여관 둘 다 보기도 벅찰 텐데, 한국온천협회 동래지회장, 온천장 도시 재생 주민협의체 2분과 위원장(온천수 특화 전략팀) 지회장도 맡으셨잖아요. 굉장히 활발하게 활동하신다고 말씀하시더라고요, 도시재생지원센터(이하 지원센터)에서.

여기 금천탕이라고, 그 사장님이 한국온천협회 수석 부회장이시고 온천장 자치 위원장이세요. 그분 추천으로 제가 맡긴 했는데, 아시다시피 제가 업장을 혼자 운영하잖아요. 너무 바빠졌어요. 회의 참석했다가도 끝나면 빨리 뛰어오거든요. 회의 중간에도 손님이 전화해서 "목욕하러 왔습니다." 하면 또 바로 나와야 하고요. 근데 이런 사정을 잘 모르시죠, 다른 분들은. 원래 이렇게 여유가 없진 않았는데, 동네일 맡기 시작하면서부터 너무 바빠진 거예요.

✛✛ 그렇게 바쁜 가운데 공모전도 참여하셨잖아요. 온천수 화장품도 개발하셨고.

제가 동래 일에 적극적으로 의견 내고 참여하니까, 지원센터에서 공모전 있으니 빨리 검토해 보라고 자꾸 권하더라고요. 저는 원래 생각이 없었거든요, 손재주도 없어서. 그래도 중간중간 공부 계속하고 다양한 일을 하면서 쌓은 경험치가 있다 보니 2021년 주민 공모 사업에 제가 만든 온천수 토너, 로션, 탈취제가 선정돼서 시제품도 만들었어요.

✛✛ 안 그래도 동래 온천에선 대표님이 만든 제품들을 사용하고 있잖아요. 스킨과 로션의 반응은 어떤가요?

둘 다 박람회에 출품하려고 면세점에서 팔아도 될 수준의 제품으로 만든 거예요. 150mL에 이만 원 받아도 손색없는 고급 제품이에요. 남녀 공용으로 사용 가능하고요. 단가 낮추려고 용기 같은 부속품들 마무리는 제가 직접 했어요. 그런 제품을 대중탕에 뒀으니 반응이 좋을 수밖에요. 써보고 좋으니까 사고 싶다는 분들도 계신데, 재고 문제도 있고 해서 많이 만들진 않았어요. 동래 온천 이미지랑 온천 효과 올리기 위해서 업주들이 사서 무료 제공하는 건데, 손님들은 여기 오시면 좋은 제품을 쓰게 되니 좋은 거고요.

+++ 그러게요. 동래온천장 마크가 붙어있어서 더 신뢰가 갑니다.

동래온천장에서 '동래온천장' 마크를 특허 냈어요. 그래서 마음대로 못써요.

+++ 아무리 온천탕을 운영하고 미생물 전공을 하셨어도 온천수를 활용한 제품 개발이 쉽진 않잖아요. 다른 자격증도 갖고 계실 것 같아요.

테라피 자격증도 땄어요. 온천수로 상품화를 하려다 보니 필요하더라고요. 또, 목욕탕 일 해놓고 나면 무료할 때가 있어요. 그래서 관광가이드 자격증도 따놨어요. 제가 여행하는 거 좋아하거든요. 근데 겁이 많아서 패키지만 주로 가요.

+++ 진짜 열정적이세요. 힘들지 않으세요?

처져 있는 것보다는 열정적으로 뭔가를 하는 게 낫더라고요. 친구들이 얼굴 보더니 생기가 난다고. 그래서 제가 "자격증 하나 더 따야 한다." 그랬더니, 자기들은 그게 안 되는데 너는 어떻게 그게 되냐고 해요. 그래서 제가 그랬죠, "우울증 극복 프로젝트다."라고. 하하. 목표 없이 멍하게 있으면 시간만 그냥 가버리잖아요. 인생에 다음은 없잖아요. 수동적이긴 했지만 나한테 주어진 것들을 항상 책임감 있게 했거든요. 그래도 이렇게 열심히 찾아다니면서 한 건, 정말 처음입니다.

┾┾ 더 만들고 싶거나 하고 싶은 거 있으시죠?

섬유 향수랑 마스크 팩이요. 제가 목욕업을 하는 업주니까 목욕탕에 필요한 것만 만들 거예요. 많이 말고 적당하게. 개발하려면 돈도 그렇고 남의 도움을 받아야 하는 부분들이 많아서 어렵긴 해요. 내 마음대로 안 돼서.

┾┾ 만수탕을 찾는 분들께 전하고 싶은 말씀 좀 해주세요.

먼저, 시설이 오래되고 주차장이 없어도, 물 하나 보고 골목까지 찾아와 주시는 손님들께 정말 고맙다고 말씀드리고 싶어요. 물맛이 다르다고, 힘들더라도 보전하라고 용기 주시는 분들 덕분에 보람도 가지게 되었고요. 큰돈을 벌진 못하지만 여길 찾아주는 분들껜 소박하게 정이 넘치는 작은 목욕탕으로 기억되기를 바랍니다. 경영이 어렵지만, 온천수 화장품을 통해 온천업의 활성화도 기대해 보고요. 열심히 성실하게 살다 보면 좋은 일들이 많이 생기겠죠.

2022. 8.
♨ 만수탕·만수여관 | 이기희 대표

* 2022년 11월 온천장 도시재생 경관 사업 일환으로 온천장 내 모든 목욕탕 간판이 교체되었습니다. 현 만수탕 표기는 만수온천입니다.

뭉근하게 잔정 넘치는
아버지를 닮은 골목 목욕탕

○ ● ○ ○ ○ ○

서림탕

미로처럼 작은 집들이 모인 골목,
그 사이에 목욕탕이 있다.
처음 영업을 시작했던 때와 상황은 많이 바뀌었어도
아침 일찍 문을 열고 손님 맞을 준비를 하는 시간은
항상 처음처럼 설렌다.

아는 사람만 찾아오라는 듯 굽이굽이 좁은 골목에 들어선 후에야 존재를 드러내는 목욕탕이 있다. 건물 벽 늘어진 빨랫줄 위에 열 지어 걸린 낡은 주황색 수건들이 첫 시선을 뺐고, 그 맞은편 초록을 자랑하며 주렁주렁 열린 여주가 발걸음을 멈추게 하는 곳. "여주 예쁘죠?" 하며 자식 자랑하듯 말을 거는 이는 목욕탕 주인. '뭐지 여기?' 하며 스르륵 발걸음을 안으로 내디디면 오묘한 기운에 마음이 놓이는 곳. 시원함으론 둘째가라면 서러운 정릉천을 끼고 가장 많은 입산객으로 기네스북에 오른 북한산 아래 자리한 목욕탕. 뭔가 기운이 달라!

✛✛ 시간의 층이 오묘하게 쌓여 있는 목욕탕이네요. 얼마나 운영하셨어요?

여기서 운영한 건 한 55년 정도 되었을 거예요. 먼저 있던 걸 내가 산 지 한 30년 정도. 내가 알기론 이름도 쭉 서림탕이었어. 중간에 이름을 바꾸면 헷갈릴 수도 있으니까 괜히 바꿀 필요 없잖아.

✚✚ 그때나 지금이나 목욕탕은 손도 많이 가고 개인이 운영하기엔 규모가 크잖아요. 인수하기 전까지 고민이 많으셨을 텐데.
그렇죠. 여기서 한 1년 정도 세를 내서 했었고 그 후에 샀어요. 처음에는 많이 돌아다녔어. 경기도 광주, 성남 이런 데서 세내서 하다 여기에서 정착한 거니까. 난 충남 공주가 고향이에요, 계룡산 밑. 74년도에 서울로 올라왔고, 80년도부터 내 목욕탕을 했어요. 목욕탕이 잘 돼서 그런 건 아니고, 그때가 기회였던 거 같아. 지금 생각하니까. '무리를 해서라도 해봐야겠다.'라는 생각으로 한 건데, 뭐 그런 것도 기회고 운이라고 봐야지. 그때 안 했으면 못 했을 거야.

✚✚ 그럼, 서울에 올라온 후부터 계속 목욕업종에서 일하신 거예요?
우리 작은아버지가 목욕탕을 했었거든, 청계천 8가에서. 그땐 잘됐어요. 거기 여관도 있었고 손님도 많았지. 그때가 전성기였어. 74년도에 올라와서 6년 동안 작은아버지네 있긴 했는데, 지금 생각하니 딱히 배운 것도 없었어. 처음이다 보니 모든 게 굉장히 이상하게 보이고 어렵게 보이고 그렇더라고. 특히 목욕탕에서 쓰는 부속 같은 건 이름을 잘 모르니까 힘들더라고. 뭐 사가지고 오라 해도 잘 모르고.

✛ 그래도 6년이면 알게 모르게 꽤 배우셨을 것 같은데요. 간단한 보수 같은 건 다 직접 하시잖아요.

그때는 못 했는데 지금은 거의 다 할 수 있어요. 직접 가져다 설치는 못하더라도 고장 나면 많이 고쳐 쓰지. 목욕탕 안에 붙인 옥돌도 직접 다 한 거야, 옥돌이 있으니까 뭐할까 하다가. 근데 오래돼서 색이 좀 바래지니 어떤 사람은 때 낀 줄 아는데, 다 옥이라고. 사람 불러서 해달라고 하니까 "그거 어떻게 하냐. 못한다." 그러는 거야. 그래서 '에라~내가 한다.' 그랬지. 밤에 여탕, 남탕에 혼자 다 붙였어요. 내가 손만 댔다 하면 굉장히 빠르거든. 바닥도 보면 미끄럽지 말라고 그라인더로 혼자 다 긁은 거야. 혹시라도 미끄러지면 안 되니까. 손기술이 좋았던 건 아닌데 닥치면 다 하게 되더라고.

✛ 여긴 주변에 목욕탕이 몇 개 정도였어요?

많았어요. 여기만 해도 일곱, 여덟 개 없어졌으니. 정릉 이쪽으론 네, 다섯 개 남았지. 없어진 게 훨씬 많다고 봐야 해. 어쨌거나 이 근방에서 지금 남은 곳은 여기 포함해서 한 세 곳 정도.

✛ 북한산도 있고 가구 수가 많아서 처음 인수하셨을 땐 영업이 괜찮았을 것 같은데요.

처음 여기 왔을 땐 괜찮았죠. 이 위에 버스 종점이 몇 개 있거든. 143번, 162번 포함해서 다섯 개 정도 있어요. 다 한 회사야. 옛날에는 대진여객, 동양교통이라는 회사 두 개가 있었어. 후에 대진여객에서 동양교통을 인수해서 한 회사가 됐는데, 동양교통이 그 전엔 우리 집으로 목욕을 하러 왔어 전부. 거기서 티켓을 줘서. 여기뿐 아니라 버스회사가 다 그렇게 했어요. 그러니 손님이 많았고, 그때는 미어졌었어. 버스회사 전체 직원이 와도 돈을 얼마 안 받으니까 매출이 별로 오르진 않았어.

여름에는 정릉 한 번 안 오면 여름을 못 난다고 그랬어, 유원지니까 여기가. 지금은 전철이 잘 되어 있으니까 도봉산, 수락산 이런 데로 많이 가지만, 그때만 해도 전철이 없으니까. 여기가 버스 교통이 좋은 편이었어요. 우리나라에서 가장 빠른 1번 버스가 여기 있었어. 여기가 1번, 3번. 저쪽에 5번. 2번, 4번도 요 근방 어디였고. 그만큼 사람도 많이 살았지만, 변두리라 종점을 만들 수 있는 조건이 좋았으니까 여기다가 했겠지. 시내치고 이렇게 종점이 가까운 데는 없었으니까. 그래서 버스요금을 올린다든가 버스회사에서 뭐 한다고 하면 인터뷰 나오는 데가 여기였어.

╋╋ 그때 목욕비는 얼마였는데요?
처음에는 백칠십 원 하다가 나중에 조금 올라가지고 이백 원. 또 나중에는 삼백 원 그랬던 거 같아.

╋╋ 그럼, 여기 인수하고 난 후 그때가 제일 잘됐던 거네요.
그때도 그랬고, 인수 후에 한 번 또 수리했을 때도 굉장히 많이 왔어요. 저 위에도 목욕탕이 하나 있는데, 그 목욕탕이 문 닫을 정도로. 지금은 이렇게 작아 보여도 옛날에는 이 목욕탕이 정릉 이 일대에서는 제일 커서 사람들이 이리 많이 왔대. 지금은 워낙 오래됐고 뭐 손님이 없어서 그렇지, 탕이 작아서 손님 못 받을 정도는 아니야.

++ 내부 구조랑 설비도 그때 그대로인 거예요?
그대로지. 근데, 옛날 집이다 보니 웃풍도 있고 오래되다 보니 때도 타서, 깨끗하게 보이려고 탕 안이랑 탈의실 벽에 벽지를 직접 다 붙였어요.

++ 영업집은 보통 길가 쪽에 잘 보이는 곳에 자리를 잡는데, 여긴 골목이잖아요. 게다가 위에 있는 여관은 잘 보여도, 아래 목욕탕은 큰길에서 잘 안 보여요.
원래 버스 종점이 목욕탕 맞은편이었대요, 지금은 위로 갔지만. 목욕탕 앞 높은 담 있죠? 그걸 안내원들이 밤에 나가 돌아다니는 거 못 하게 하려고 만들었다나. 시간을 정해놓고 못 나가게 했던 모양이더라고. 어쨌든 버스 종점이라 여기가 손님이 더 많았지. 버스 기사, 안내원들 전부 여기로 왔으니까. 이 목욕탕 지을 무렵에는 여관도 서울 시내에 별로 없어서 잘됐고. 목욕탕에도 줄을 섰었대요, 씻을 곳이 마땅치 않았으니. 그래서 이 주변에 여관이 많았는데, 지금은 여관도 안 돼.

++ 그렇군요. 정릉천도 바로 옆인데, 하천을 끼고 있는 목욕탕은

舊態와 新 동네목욕탕

드물잖아요.

40년 전일 텐데 그때는 수도가 안 들어왔으니까. 저 개천물을 끌어
다 썼어요. 그때는 개천이 아주 깨끗했다 그러더라고. 뭐 고기도 잡
아먹고 그랬다니까. 그렇다고 무조건 개천물을 끌어다 쓰는 건 아니
고 거기다 급수정인가 하는 걸 만들어놓고 우물 같은 것도 파서 걸
러진 물을 끌어다 여기서 목욕물로 썼대. 그때는 그렇게 했다고 하
더라고.

+++ 그러면 물세는 안 내요?

40년 전이라고 그랬잖아요. 수도가 안 들어오니까 수돗물로 하려고
해도 할 수도 없고. 그전엔 다 그랬어요. 아니면 지하수를 파서 하
든가. 그런데 여기는 개천물이 좋아서 그 물 가지고 그냥 했으니 전
기 요금만 들어간 거지.

+++ 옛날엔 개천에서 목욕하기도 했잖아요. 사장님도 그런 경험이
있으세요?

난 목욕탕이란 걸 서울에 올라와서 처음 알았어요. 그 당시 시골에
서는 목욕탕 같은 데를 안 갔죠. 펌프로 등목하고 물 데워서 겨울
에 한두 번 목욕하고 그거뿐이지. 여름에는 개울에서 날마다 씻었
어. 우리 같은 어린애들은 방죽이라고, 옛날에 농사지으려고 물 막
아 놓은 데서 했지. 여름이면 그거 보고 미역 감는다고 그랬어. 고여
있는 물이니까 막 풍덩거리면 물이 불그스름하게 됐는데, 물이 깨끗

하지도 않았지만 그렇다고 해서 오염된 것도 아니어서 그런 데서 목욕했고. 겨울에는 집에서 물 데워서 했지. 그러다 보니 서울 올라와서 목욕탕에서 같이 목욕한다는 게 부끄럽더라고 나는. 어떻게 옷을 벗고 들어가냐 그랬다니까. 실내에서 한다는 것도 그때 처음 알았고. 공주에서 우리 집이 한 40, 50리 떨어져 있어요. 전기도 안 들어왔었어. 서울 올라오기 3, 4년 전부터 전기가 들어왔을걸.

+++ 그럼. 아버지랑 목욕탕에서 목욕을 같이한 기억도 없겠네요.
없었어요. 내가 좀 보수적이라서 그런지 내 아들이랑 같이한 적도 없었고. 등은 한두 번 밀어주긴 했지, 내가 목욕탕을 하니까. 대부분은 때 미는 사람한테 맡겼죠. 아들 때 좀 밀어달라고. 그 사람도 먹고살아야지.

+++ 그래도 일찍 시작하셔서 초기 연료비 걱정은 크지 않았을 것 같아요. 지금은 엄청나잖아요.
그런 것도 있는데, 그때는 환경 개선 관련해서 규제가 좀 엄격했어요. 외국 사람들 오라고 체육대회 같은 거 하려다 보니 환경이 좋아야 할 거 아니에요. 88 올림픽 때는 광명시에서 목욕탕을 했는데, 그땐 나무를 땠어요. 나무 때는 데도 많았어. 나무도 때고 연탄도 때고. 목욕탕만 그런 게 아니라, 떡 방앗간 이런 데도. 나무를 때서 할 수 있는 데는 다 나무를 땠어. 왜? 기름값이 워낙 비싸니까. 우리나라가 기름 파동이 몇 번 났어요. 기름값이 비싸서 영업해도 돈을 벌 수가 없었어. 거기는 전 주인부터 나무를 때고 있더라고 가보니까. 아, 나도 이런 데를 찾았는데 잘 됐다 했지. 나무는 돈 안 주고 주워서 땠으니까. 그리고 우리 목욕탕만 나무를 때니까 사방에서 공사를 하면 나무를 갖다주는 거야. 뭐 나무 안에는 쓰레기도 있고 그러긴 했지만. 그렇게 나무를 몇 년 땠는데 올림픽을 하려다 보니 그걸 못 하게 한 거야. 환경문제 때문에. 그래서 지금 가스로 다 바꾼 거 아니에요.

+++ 처음 인수했을 땐 연탄이나 경유를 쓴 거죠? 지금은 태양판을 설치하셨던데.

여기선 연탄은 아니고 경유를 땠어요. 그러다 밤 10시부터 아침 8시까지 쓰는 심야전기라고, 20년쯤 됐을 거야. 심야전기도 그때 처음 나와서 덕을 크게 봤거든. 그때는 전기가 남아도니까 심야전기를 권장하는 거야. 1kW(킬로와트)에 한 이십 원, 삼십 원밖에 안 했으니까.(98년 기준) 그래서 밤 10시부터 아침 8시까지 심야전기를 썼죠. 이게 왜 가능했냐면, 목욕탕은 물탱크가 크잖아요. 80드럼, 100드럼 정도니까 저녁 내내 데워 놓는 거야. 그리고 그걸로 하루 종일 쓰는 거지. 지금은 태양열을 놨잖아. 여름에 우리는 태양열만 가지고 해. 써보니까, 이 태양열도 그냥 놔두면 안 되겠더라고. 고장도 몇 번 나고 그랬는데, 지금은 방법을 터득해서 손 보면서 쓰고 있어요.

+++ 태양열판 설치비도 적지는 않았을 텐데요.

지금 쓴 지 10년 됐나? 그때 보조금 더해서 일 억 넘게 들여서 한 거예요. 우리나라는 태양열이 잘 맞지 않아요. 기후상 그렇단 말이야. 말 그대로 태양열은 햇볕이 안 나는 날은 소용이 없어요. 구름이 끼던가, 비가 오면 '0'이에요, '0'. 구름 한 점 없이 쨍해야 해. 그 대신에 이렇게 좋은 날 물을 많이 데워 놓으면 그 이튿날 비가 오더라도 하루는 더 쓸 수 있고 사흘도 쓸 수 있죠. 70~80명이 온다든가 하면 며칠 쓰고. 한꺼번에 많이 오면 또 하루 만에 소진될 수도 있고 그렇죠. 여름 같은 경우는 날 좋은 날 하루 저장해 놓으면 이틀도 쓰고 그러지, 여름에는 아주 뜨겁게는 물을 안 쓰니까.

++ 목욕탕도 알게 모르게 조금씩, 꾸준하게 변화되었네요. 코로나로 변수가 많았을 텐데. 요즘 영업일 일과는 어떻게 되세요?
다섯 시에 문 열어야 하니까 집에서 네 시 이십 분 정도에 나와요. 손님이 있어서 그런 건 아니고 계속 그렇게 하던 거니까 저녁때 일찍 닫더라도 아침에는 일찍 나와요. 코로나 때문에 목욕탕 문 닫은 데도 수두룩하고, 그때 문 닫고 다시 문 안 여는 곳도 많아요. '지금 문 연다고 해서 손님이 있겠어?' 싶은 거지. 여윳돈이 있으면 좀 닫아둬도 괜찮았겠지만, 우리 같은 경우는 세 시까지 하고 문 닫았어요. 그러다 보니 지금도 세 시 넘으면 손님이 오질 않아, 길이 들어서. 나이 많이 든 분들은 그때 당시 자식들이 목욕을 못 가게 한다는 거야. 코로나 걸리니 가지 말라고. 그래서 몰래 와서 하고 그랬다고 하더라고. 근데 특히나 애들, 젊은 사람들은 자기가 알아서 안 오지 뭐. 그렇지 않아도 손님은 줄어들었는데, 거기에 직격탄을 맞은 거지.

++ 명절 전에는 그래도 좀 많이 오지 않아요? 이번 추석 낀 주 휴일에는 어땠어요?

추석이 며칠 안 남았으니까 혹시나 손님들이 있을까 해서 정기 휴일에 열었는데, 별로 없더라고. 그래서 후회했어. 보통은 3일이나 5일 후에 명절이 있다고 하면 목욕탕은 휴일에도 대개 열죠. 공휴일에도 열고. 그래도 딴 때보다는 나았으니까.

++ 북한산도 가까이 있고, 주변 가구 수도 적지 않아서 그래도 유지가 좀 될 거라고 생각했는데, 다른 곳이랑 상황이 비슷하네요.

그전에는 등산하고 내려와서 목욕하고 가고 그랬는데, 그런 것도 요즘은 별로 없어요. 집에 가서 하는지 어쩌는지. 이 동네 서쪽에 산 동네가 있어, 옛날 집들이 있다고. 서울에는 옛날 집들이 남은 곳이 몇 군데밖에 없잖아요. 상계동도 간다는데 시내에선 여기가 가까우니까 가끔 영화나 드라마 촬영하러 이 동네로 오고 그래. 와서 목욕탕 장면이 필요하면 우리 집에도 오고.

++ 체감상, 언제부터 목욕탕 영업이 예전만 못하다고 느끼셨어요?

80, 90년 때부터 조금씩 안 되었다고 봐야지. 그때부터 조금씩 오는 사람만 오게 되는. 특히나 여기는 유동 인구가 없는 동네라서 등산

객이나 오면 왔지 거의 단골손님이에요. 월 이용권도 안 팔아. 일 년 열두 달이 되어도 요즘에는 애들이 오는 걸 못 봤어. 딴 데도 마찬 가지야. 현재 60대부터나 목욕탕에서 목욕하지 젊은 사람은 안 와 요, 40, 50대도 그렇고. 애들이 와서 목욕탕을 경험해 봐야 하는데 집에서 샤워만 하다 보니 목욕탕이 어떤 곳인지 알 수가 있나. 이용 층이 얇으니까 목욕탕 손님이 늘어나지 않는 거야.

┿┿ 목욕 문화도 바뀌고, 주거 환경도 바뀌고 재개발되면서 동네 목욕탕이 사라지고, 코로나 때문에 손님이 줄고. 이런 상황이 해마다 지속되니 아주 힘들고 마음도 착잡하실 것 같아요, 직접 운영하시는 입장에선.

대중 목욕 역사가 그래도 좀 되었는데, 이렇게 문화가 바로 사그라 들어버리니까. 이게 집에 목욕탕 시설이 되어 있어서 그런지 어째서 그런지 모르겠지만, 목욕탕이 이렇게 금방 사양길로 들어서니까 상당히 아쉬워…. 나야 뭐 이제 나이 먹었으니까 상관없는데, 앞으로 또 목욕탕 할 사람들도 없다고 생각하니까 아주 서운해.

┿┿ 이 상황을 벗어나기 위해서 정릉동에 있는 목욕탕 업주들이 모여서 우리 이거 한 번 해보자, 뭐 이런 이야기를 나누신 적은 없으세요?

그런 거는 없어. 뾰족한 수가 없는 거 같아, 내가 볼 때는. 쑥탕 같은 이벤트 탕들도 해봤는데, 그런 것도 별로 효과가 없더라고. 안에만 지저분해지고. 어떤 사람은 좋아하지만, 어떤 사람은 이게 뭐냐

하고. 한증탕 안에도 쑥이랑 당귀 잎사귀도 갖다 놔 봤는데, 그런 거 해봐야 손님이 늘어나지도 않아. 성북구에도 지금 월곡랜드라고, 우리나라에서 제일 큰 목욕탕이었을 거예요. 작년에 문 닫았잖아요. 그리고 종암 사거리 봉일랜드라고 있어요. 그것도 노인들 요양원으로 바뀌었어요. 거의 똑같은 시기에 없어졌어. 큰 데들은 훨씬 더 적자를 많이 보는 거지. 우리 같은 집이야, 뭐 적자 봐도 그만큼은 아니니까. 규모가 큰 사우나는 1개월에 오백, 천만 원 이상 적자를 본다 하더라고. 거기에 유지비가 많이 들어갈 거 아니에요. 있던 시설을 축소해서 하면 왜 이렇게 영업하냐는 사람들도 있고 하니 그렇게 하지도 못하고 고충이 많아.

✛✛ 돈 내고 들어왔어도 쓸 만큼 쓰고 자원 아껴주는 사람이 좋죠?
그런 사람이 좋죠, 목욕탕에서 물 좀 아껴주는. 딴 거 뭐 있어. 막

쓰는 사람도 있지만, 내 물처럼 아껴주는 사람도 있어요. 물을 틀어서 금방 머리에 묻히고 딱 잠가. 그리고 비누칠하고 물 틀고 씻고. 그게 정상이지 사실은. 눈에 비눗물도 들어가고 그러니까 틀어 놓고 하는 건 좋은데, 계속 틀어놓고 물을 그냥 흘려보내는 건 잘못됐다 그런 이야기예요. 그런 사람이 많거든. 근데 우리 집 오는 손님들은 다들 좋아서 나보다 더 주인 같아. 자기들이 목욕하고 나와서 불도 끄고 그래. 어떻게 생각하면 내가 길을 들여서 그렇게 한다는 생각도 드는데, 그렇게들 해주시니 고맙지요.

✛✛ 찐 단골이네요 정말.

그렇죠, 거의 70%는 다 단골이에요. 여기서 살다 이사 간 다음에도 이리 오는 거야. 의정부로 이사 간 사람도 지금까지 이리로 와요, 일주일에 한 번씩. 저 배밭골이라고 171번 종점, 거기서도 많이 와요. 저 밑에 시장에서도 오고. 여기가 입지적으로 좋은 자리는 아니야. 요 동네 산동네도 개발하고 있잖아. 내년에는 개발 들어갈 거야. 그러면 이제 손님 더 없을 거 같아.

✛✛ 저희가 있는 곳이 남탕인데, 여탕도 크기가 동일한가요?

여탕은 여기보다 좀 작아요. 탈의실 내부 공간도 좀 평범하고. 지금 있는 남탕 탈의실엔 이발소도 같이 있으니까. 원래 이발소는 지금 자리가 아니었는데, 한 10년 전쯤 지금 자리로 옮겼어요. 지금 이발소 자리는 꼭 무대 같잖아요? 단이 있어서. 근데 이전에는 이발소를

이 밑에다 두니까 머리카락이 날린다고 해서 벽이 있던 곳을 헐어서 이렇게 바꿨죠, 다락방처럼.

✛✛ 지금도 이발사랑 세신사가 계신 거죠? 코로나가 심했을 땐 거의 일을 못 하셨을 텐데.

있어요. 나오기는 나오는데 이발소 손님도 옛날 같지 않아서…. 60대 이상이나 이런 데 와서 깎지 그 나머지는 미장원 가서 한다고 봐야 해요. 다녀보면 미장원은 몇 미터에 하나씩 있어도 이발소는 거의 다 없어졌어요. 이발 손님이 없으니까 그런 거예요. 또 목욕탕 손님도 그래. 목욕탕 손님도 한 1/3도 안 온다고 봐야지.

✛✛ 목욕탕 업주인데도 영업이 안 되니 투잡을 뛰고 계시잖아요. 알바라고 해야 하나요?

목욕탕을 오래 하다 보니까, 목욕업에 대해서 굉장히 밝아졌어요. 전문적으로 건축을 배운 것도 아닌데 목욕탕 시설을 어떻게 해야 하는지도 잘 알고, 또 알음알음 목욕탕 건물도 소개해 봤고. 문 닫는 목욕탕 철거도 하게 되고. 그러다 보니 목욕탕을 소개도 하고, 짓기도 하고, 철거도 하고, 이걸 다하는 거야 내가.

✛✛ 그야말로 만능이네요. 목욕탕 철거는 어떻게 시작하셨어요?

철거를 시작한 건 20년 전쯤 되었을 거야. 동대문구 경동시장 옆에 목욕탕이 있었는데, 그 사람이 여기저기 철거하는 견적을 냈나 보더라고, 전문가들이랑. 근데 내가 목욕탕 소개도 하고 철거 같은 것도 좀 한다는 걸 그 사모님이 어디서 듣고 나한테 연락을 했어. 한 번 와서 봐달라고. 그때 정식으로 처음 해봤는데, 배우면서 하려니까 얼마나 힘들던지. 목욕탕은 지하실에 거의 보일러실이 있으니까. 기름 탱크도 있고 기름 라인도 많이 있고 그래서 화재도 조심해야 하고, 파이프가 전부 위에 있으니까 자르다가 (부속물이 떨어져서) 머리도 다칠 수 있으니까 조심해야 하고 그렇거든. 그때 굉장히 힘들게 했었던 거 같아. 날도 굉장히 추웠고.

┿┿ 예전에 목욕탕에서 벙커씨유를 보일러 연료로 쓰던 시절엔 대기 오염 문제로 30m 이상 굴뚝이 설치 의무였잖아요. 지금은 전기나 가스를 사용하면서 필요 없어졌지만요. 뉴스 보면 굴뚝 철거하는 데 만도 몇천이던데요.

원삼탕이나 이런 데 말 들어보면 뭐, 철거하는 데도 일 억 들어간다고. 그 말도 맞는 얘기야. 시멘트 같은 거 철거하는 데도 전부 돈 들어가는 거니까. 가져갈 수 있는 건 없는데, 버리는 비용도 엄청나게 들어간다고. 난 굴뚝 철거는 안 했고 파이프 같은 거만. 그것도 하다 보니까 돈이 되는 데는 상당히 잘 됐어요. 동 파이프 같은 게 많이 생기니까. 그때는 가격이 별로 안 나가서 오히려 돈 백만 원 정도 받고 했어요. 근데 지금은 동 파이프나 고물값이 많이 올라가니까 돈을 외려 주고 해야 돼. 어쨌든 철거 일을 해서 목욕탕 안 되는 거 경제적으로 도움받고 그랬지. 서울 시내 목욕탕 중 대략 15개 정도는 내가 철거했을 거야. 전체 철거가 그렇고, 조금씩 한 거는 굉장히 많고. 내가 손을 대면 못 하는 게 없어. 한번 손 대면 끝장을 보지 내일까지 미루지 않아.

‡‡ 그럼, 철거하러 갈 땐 목욕탕 쉬어요? 하루에 끝나진 않을 거 같아서요.
철거일 하러 갈 때는 거기서 돈 버니까 여긴 좀 신경을 덜 쓰는 것도 있지. 혼자 할 수 있는 게 아니고 여러 사람이 같이 해야 하니까 나 편한 대로만 하긴 어렵지. 목욕탕이 크면 손님이 많으니까 설비를 더 해뒀을 거 아냐. 보일러실 철거만 하는데도 빨리해야 일주일 정도이고. 현장 상황에 따라서 다른데, 우리 목욕탕 같은 경우면 얼마 안 걸리지, 한 층에 같이 있으니까. 근데 지하에 있다든가 이러면 아주 골치 아파요. 돈도 많이 들어가고.

‡‡ 영업하는 것도 힘든데 폐업도 참 어렵네요. 참, 매표소에 상장이랑 표창장이 많이 걸려있던데. 좋은 일에 참여를 많이 하셨나 봐요. 이렇게 많은 집 처음 봤어요.
서울시장상은 예전에 오세훈 서울시장 때, 그때 탄 거예요. 오래됐어요. 목욕탕에 관련된 거로 받았는데, 때가 돼서 준 거지. 나머지는 구청장상이고. 목욕탕 하는 집엔 있어요. 다 있어. 그런데 집에 놔둔 사람들도 있고 그런 거지. 나는 그냥 여기다 심심해서 놔둔 거고. 자랑하려고 그런 건 아니고.

╬╬ 심심한데 그렇게 많다고요? 하하하. 자랑 많이 해주셔도 돼요. 너무 겸손하세요. 목욕협회 성북구 지부 회장도 겸임하시잖아요. 관련 책자보다도 피해 상황을 더 자세히 파악하고 계시던데. 동네 목욕탕 운영하기 다들 힘들다고 그러시죠?

그전에는 서울 시내 목욕탕이 이천삼사백 개 되었을 거야. 지금은 한 육백오십 개? 그 정도밖에 안 될 거예요. 성북구 같은 경우도 목욕탕 책자에 실린 게 백사십 개 정도였는데 지금 삼십 개도 안 돼. (영업이 안 돼서) 엄청나게 줄었다고 봐야지.

╬╬ 그럼, 서림탕은 언제까지 운영될 거라고 보세요?

글쎄, 몇 년은 더 할 수 있겠지만, 그것도 상황을 지켜봐야겠지. 목욕탕 앞에 서울시에서 운영하는 스포츠센터가 들어설 것 같아. 그렇게 되면 목욕탕을 더 운영하기는 어렵겠지.

╬╬ 목욕탕이 평생 집이자 직장이자 또 아지트였을 텐데, 어떤 이유로든 사라지는 날이 오면 정말 너무 서운할 것 같아요. 아직 그날은 멀었지만 그래도 서림탕을 찾아 준 분들께 하고 싶은 말이 있다면 남겨주세요.

몇십 년을 한결같이 저희 서림 목욕탕을 아끼고 애용해 주신 고객 여러분께 진심으로 감사드립니다. 제 가족들에게도 고맙고요. 이곳에서 좋은 인연이 된 선한 이웃들을 많이 만났어요. 운영하는 그날까지, 서림탕은 늘 같은 곳에서 여러분을 기다리고 있습니다. 여러

분들과 약속을 지키기 위해 성실하게 운영한 서림탕이 사라져도, 이 곳에서 보낸 좋은 시간과 소소한 추억들은 꼭 오래 간직해 주길 바랍니다.

2022. 9.
♨ 서림탕 | 박흥동 대표

사람을 닮은
50년 내공의 목욕탕

○ ○ ● ○ ○ ○

화신탕

'제주도니까 분명 뭔가 달라도 다를 거야'란
믿음으로 골목을 누벼 발견한 목욕탕.
그저 멀끔하기만 했던 첫인상의 건물도
알고 보면 반백 살만큼 사연 가득.
복잡한 세상살이 담백하게 만들고 싶을 때
찾아주세요. 평화롭고 믿음직한 화신탕.

처음부터 편안하게 느껴지는 사람이 있다. 잘 모르는데 아는 곳 같고 처음인데 익숙하게 스며드는 장소도 있다. 제주도 용담동 주택가 골목 안에 자리 잡은 화신탕이 바로 그렇다. 부부가 함께 50년간 목욕탕을 운영하는 동안 머리는 희끗해지고 몸도 예전 같진 않지만, 같이한 세월이 두 분의 말속에, 눈빛 속에 평안하고 따뜻하게 맺혀있다. 온화하게 건네는 "시간 있으면 목욕하고 가."라는 말에, 한 번도 뵙지 못한 외할머니와 할아버지를 투영하며 이런 생각도 해봤다. 이런 분들이 맞아주시는 목욕탕이라면 평생 단골이 되고 싶다고.

✚ 아버님(김창길 대표 이하 '김')께 인터뷰 섭외 얘기 드렸더니 어머님(고순덕 대표 이하 '고')이 꼭 계셔야 한다고 하시더라고요. 만나 뵈니까

알겠어요. 같이 계시니 더 빛이 납니다. 목욕탕은 언제부터 하신 거예요?

고. 1973년도에 인수해서 지금까지 하고 있으니까, 50년 됐어요. 제가 마흔셋부터 했는데 지금 여든셋이에요. 사연이 많았지만, 이 길을 택했으니까 버티며 하고 있는 거죠. 우리 부부가 한 살 차이인데 혼자면 절대 못 했어요. 어떻게 해요 팔십 넘도록 이 고생을. 둘이 하니까 그냥 팔자려니 생각하고 하는 거죠. 그래도 이거 해서 아이들 뒷바라지 다 했어요.

↔ 인수하기 전부터 이 목욕탕은 있었잖아요. 다 그대로인가요?

김. 목욕탕 한 지 딱 10년째라고 했으니까 1963년부터 있었어. 우리가 인계받아서 일 층에 여탕·남탕만 두고 했는데, 한 3년 하니까 좀 낡아서 리모델링했어. 이층도 올리고 살림집도 두고 하다 보니 88올림픽 할 때 다시 문 열게 되더라고. 인계받을 때부터 이름은 화신탕이었어, 평화 화(和)에 믿을 신(信).

↔ 지금도 목욕탕에 살림집이 같이 있잖아요.

김. 탑동에 살다가 도청(이전 시청) 쪽에 땅 사고 집 새로 지어 이사 갔어. 우리가 딸 하나에 아들 넷이야. 내가 도청 공무원이었는데, 애들 키우고 살다 보니 애들 커가는 만큼 우리 나이도 들어가잖아. 직장을 오래 다닐 수 있는 것도 아니고. 고민 고민하다가 이걸 시작했어. 처음에는 괜찮았어. 근데 우리 시작하고 얼마 안 되었을 때 근처에 목욕탕을 또 짓겠다고 누가 땅을 산 거야. 그래서 그러면 서로 다 힘들어지니 차라리 여길 인수하라고 했는데, 얘기가 잘되지 않아서 달라는 대로 돈 다 주고 울며 겨자 먹기로 그 땅을 샀어. 바로 뒤에도 목욕탕이 생겼었어. 주인이 장사 안된다고 딴 사람한테 넘기고, 그 사람이 또 다른 사람한테 인계하고 그러면서 다섯 사람이 다 나갔지만. 원래 300m 간격을 두고 목욕탕을 지어야 하는 제한이 있었는데, 김대중 대통령 때 자율화되면서 그때 우후죽순으로 생겼어.

╫ 그러게요. 주변에 목욕탕이 몇 개 더 있더라고요. 도보거리 안에. 그럼에도 어느 정도 유지가 된 거면 그만큼 손님이 많이 오셨다는 건데, 지금은 또 다르잖아요.
고. 손님이 없진 않았어요, 옛날에는. 이 주변이 거의 다 살림집이었고, 또 제주도는 육지보다 벌초 문화가 더 중요시돼서 추석 때 제주도에 오는 벌초 손님도 꽤 됐고요. 벌초 때, 추석 때, 설 때는 정신 없이 바빴어요. 처음 개업했을 땐 요금이 육백오십 원 정도, 1988년도에 리모델링하고 다시 열었을 땐 이천오백 원쯤 했을 거예요. 지금은 오천오백 원 정도 되고.(*인터뷰 당시 요금으로 2022년 말 육천 원) 하여튼 백 명에서 백오십 명 정도 왔으니까, 옛날엔 괜찮았죠. 우리가 목욕탕 한 후에 근처 신일탕도 생겼고 여기저기 많이 생겼어요. 그래도 인심은 남아있더라고요, 이전의 반이라도 오니까.

╫ 목욕탕 영업이 쉬운 게 아닌데, 운영을 결심하기까지 고민이 많

앉겠어요. 이후 봉착한 난관도 많았을 거고요.

고. 남편이 공무원이었다고 했잖아요. 옛날 공무원은 월급이 적어서 살림이 어려웠어요. 우리 먹을 정도였지만, 제가 시어머니네 밭에서 농사도 지었으니까. 그렇게 조금씩 모은 돈하고 있던 땅도 팔고 해서 처음에는 슈퍼마켓을 할까 했어요. 그런데 슈퍼마켓은 밤 열두 시가 넘어도 문을 열어둬야 하고, 목욕탕은 늦어도 여덟 시면 끝나니까, 망설이다가 목욕탕을 하게 된 거죠. 장사는 처음이었어요. 근데, 해보니까 새벽에 일어나는 것도 힘들고 고충 사항이 많더라고요. 태풍이나 눈이 많이 왔을 땐 진짜 너무 힘들었어요. 목욕탕 하면 가만히 돈만 받겠지 했는데, 해보니까 머리 아픈 일도 많고 몸도 힘들고. 어떤 때는 좋았다가 어떤 때는 싫었다가 그래요. 요샌 더 힘들죠.

✢✢ 제주 시내 몇 곳을 돌아봐도 여기 굴뚝이 제일 높고 예쁘더라고요. 페인트칠까지 깨끗하게 되어 있고. 기름 때신 거죠?

김. 처음엔 기름 땠다가 지금은 전기. 근데 겨울엔 전기만으로는 물이 따뜻해지지 않으니 꼭 한 번씩 기름을 때. 제주도는 기름을 때도 되거든. 육지는 안돼서 센 전기보일러 들여놨을 거야. 여기는 아직 써도 되니까 굴뚝도 거의 남아있고. 저 굴뚝도 집 올릴 때 같이 지은 거야. 그땐 다 기름을 쓰니까 굴뚝을 지어야 했어. 주변 지대가 낮으니까 더 높게 지었고. 굴뚝은 환기시키고 뜨거운 기운 뽑아 올려보내는 거라, 중요한 건 보일러 청소지. 왜 옛날 굴뚝 보면 시커먼

거 펑펑 나오는 거 있잖아, 그건 보일러가 잘못되었다는 거거든. 그러면 바로 보일러 조정하면 돼. 설비가 되어 있으니까. 보일러도 오래 쓰려면 주기적으로 청소해 줘야 해. 밑에 그을음이 가라앉거든. 근데 기름을 점차 안 쓰기도 하고, 오래된 거는 안전상의 문제도 있어서 우리도 없애긴 해야 할 것 같은데, 돈이 많이 드니까. 지방 어디는 보조를 해줬더라고. 우리 제주도도 해줬으면 좋겠어.

⧺ 두 분은 목욕탕이 생기기 이전과 이후 모두를 경험한 세대신데, 목욕탕 생기기 전엔 어떻게 씻으셨어요?

고. 탑동에 살 때 근처 부두에 주정 공장이 있었어요, 술 공장. 술 만들면서 따뜻한 물이 나왔는데, 거기에 임시 목욕탕이 만들어졌죠. 그래서 탑동에서 아기 업고 가서 그 물로 씻었어요. 거기 팻국이 있으면 쪽 바가지 있잖아요, 그걸로 걸러내고 또 들어가고, 옛날에는 그렇게 했어요. 그것도 장사여서 한 삼십 원 정도 받았을 거예요, 목욕료.

⧺ 그럼, 용천수 목욕도 해보신 거죠?

고. 탑동 쪽에 용천수가 있었어요. 밭에 갔다 온 날이면 밤에 거기 가서 씻었죠. 어두워도 더듬더듬 찾아갔어요. 씻고 와야 하니까. 우리 애들 클 때도 한 달에 한 번 갔나? 설이나 추석에 한 번씩 가고. 우리 첫애 가졌을 땐 몇 번 간 것 같아요. 여름에는 그냥 밤에 용천수에서 했고, 겨울에는 물 길어다가 뒷간 장독대 뒤에서 씻고. 고생스럽긴 했는데 안 씻으면 땀 때문에 더 고생하니까요. 용두암 쪽에서도 물 길어다 먹고, 빨래하고, 씻고 그랬어요.

✛ 말만 들어도 너무 힘드셨겠어요. 갑자기 궁금해졌는데, 제주도 말로 목욕은 뭐라고 해요?

김. 목욕은 그냥 목욕. 우리 아들이 지금 육십 가까이 되는데, 애들 어렸을 땐 목간 가자는 말을 쓰긴 했지. 근데 표준말 교육 시키느라 제주도 방언을 잘 안 써서, 오십 넘어야 제주도 말을 알지 그 밑은 잘 몰라. 우리 장사 시작할 때는 그 말도 안 썼어, 목욕이라고 했지. 때 미는 것도 똑같이 때 민다고 하는데, 언제부턴가 '나라시 받는다'라고 하더라고. 세신사를 '나라시 하는 사람'이라고 해. 세신은 제주도에서 잘 안 써. 근데 전국 광고 보면 '세신 구함'이라고 쓰더라. 제주도는 세신이란 말이 근래 왔을 거야.

✛ 목욕탕은 아무래도 물이 제일 중요하잖아요. 여기는 지하수인 거죠?

김. 지하수 쓰지. 엄청 좋아. 여긴 암반이 깔려있거든. 처음에는 몰랐는데 물이 적게 나와서 다른 방향으로 파봤더니 나오더라고. 우리가 허가받고 판 쪽은 그렇고 탑동 쪽은 땅이 황토라 또 다르고. 부산이나 전라도에서 목욕하러 온 사람들이 너무 매끈거려서 좋다고 그래. 제주도도 지하수 사용량 제한이 있긴 한데, 많이 나오기도 하지만 그만큼 사람들도 오지 않으니까. 젊은 사람들이 외지로 많이 빠져나갔고, 있더라도 새로 개발된 곳으로만 가니까, 여긴 할머니 할아버지밖에 없어. 그래서 크게 제한받는 건 없어.

┼┼ 목욕탕은 대부분 5시에 열잖아요. 마감 시간은 요즘 손님 없다고 자율적으로 하시더라고요. 여긴 어때요?

고. 새벽 4시 반에 내려와서 준비해요. 옛날에는 제가 좀 아프기도 했고 힘들어해서 남편이 내려와서 양쪽 물 받고 손님도 받았어요. 그럼 제가 아침 준비 끝내고 내려왔는데, 지금은 남편 몸이 좀 안 좋아서 하나씩 나눠서 준비하려고 같이 내려와요. 그래도 마감 시간은 지켜요, 사람이 없어도. 이건 약속인 거니까. 씻으러 온 사람이 못 씻고 가면 안 되니까. 동네 사람들 때문에 우리가 살아가는 거니까 서로 상부상조하는 거죠. 요즘은 오전에만 조금 있고 오후에는 손님이 없어요. 그때 불 껐다가 누구 오면 켜주고 그렇게 있다가 청

소하는 분이 마감 시간에 도착하면 그때 올라가요. 사실, 손님이 없어서 고민이에요. 목욕탕이 사양 산업이라. 코로나19 영향도 있고 물가도 너무 뛰어서 누가 산다고 하면 정말 팔고 싶었어요. 근데 살림집이랑 같이 있으니까 견디고 견디는 거죠.

❖❖ 목욕 요금은 안 올리셨어요? 코로나19 이후로요.

고. 조금 올려서 지금 오천오백 원인데, 올리고 싶어도 우리 마음대로 못 올려요. 옛날에는 목욕탕 요금 올라가면 딴 물가도 올라간다고 못 올리게 했거든요. 지금은 물가가 너무 뛰었잖아요. 아무리 해도 이게 계산이 안 맞아요. 그래서 여기도 10월부터는 오백 원 올려서 육천 원 받으려고요. 그렇다고 또 너무 올릴 수도 없어요, 적당하게 올려야 사람이 오니까. 그래도 시나 도에서는 여전히 그렇게 말해요. 목욕탕 요금 올리면 생활물가가 올라간다고.

❖❖ 서울은 진짜 싸야 육천 원인데. 제주도도 목욕탕 업에 대한 보조가 없는 거죠?

김. 아예 없지. 전기세나 물세 이런 거 깎아주는 것도 없고. 코로나19 보조금만 두어 번 나왔어. 이백만 원, 삼백만 원. 제주도에 엄청나게 퍼져서 한 달 문 닫고 그랬어. 망한 집도 많고. 그래도 우리는 자기 집이고 벌어 놓은 것도 있으니까 버티는 거지. 올해 추석 때도 평일만큼 없었어. 꾸준히 오던 사람만 와. 동네 사람 덕분에 이제까지 벌어먹었고 동네에 목욕탕은 있어야 하니 하는 거지, 장사 안돼도. 며칠 닫아두면 전화 오니까, 몇 사람 안 와도 기다려야지. 제주 시내 구 상권은 다 죽었어. 젊은 사람들은 멋지게 새로 지은 곳만 가고, 구 시내엔 할머니, 할아버지만 살아. 목욕탕이라도 하나 있어야지, 동네에 우리 목욕탕 없으면 이 동네가 다 죽어. 주택가라 입지가 좋아 보여도 지금 저 한 채에 한 사람밖에 안 살아. 두 내외가 살든가 혼자 살든가. 집이 많다고 좋은 게 아냐. 우리야 남의 집 일 하는 거보단 나니까 계속 하는 거지.

✢✢ 목욕탕 소모품 가격도 많이 뛰었죠?

김. 소모품도 엄청나게 올랐지. 비누, 칫솔 이런 것도 엄청나게 오른데다가 납품하는 사람도 이제 현찰 아니면 외상도 안 줘. 그전에는 얼마 적어놨다가 우리 돈 되는 대로 조금씩 받아 갔는데, 지금은 카드나 현금 아니면 안 갖다준대. 자기들도 공장에서 현금 아니면 물건을 못 받아온다고.

✢✢ 서울은 화장품이랑 비누, 치약 이런 거 대부분 목욕탕에 다 무료 비치하거든요. 제주도도 그래요?

고. 여탕에는 화장품 안 놓고 남탕에만 놓았어요. 요즘 자기 거만 쓰는 분들이 많아서. 제주도는 수질 오염 때문에 공식적으로 샴푸, 린스를 무료로 놓지 못하게 되어 있어요.

✢✢ 목욕탕 인터뷰 다녀보면 업주분들이 그러세요. 수건은 기념품이라고 생각한다고. 그만큼 가져가는 분들이 많대요. 여긴 특히나 흰 수건인데, 세탁하기 너무 힘들겠어요.

고. 어디나 다 그래요. 여긴 봄에 좀 많이 없어지는 거 같아요. 제주도 큰 곳 중엔 수건마다 소리 나는 장치 달아둔 곳도 있어요. 수건 갖고 나가면 소리가 삑삑삑. 그만큼 많이 가져간다는 거죠. 수건은 집에서 세탁기로 빨아서 마당에 널어 말려요. 손님이 아주 많으면 맡길 텐데 별로 없으니까. 하긴, 처음 시작했을 땐 지금보다 더 많긴 했지만, 그때도 직접 빨았어요. 햇빛 좋은 날 밖에 널어야 더 깨끗하잖아요. 색깔도 하얗고. 저희는 하얀 수건만 사용한다는 게 원칙이에요. 보기보다 상당히 힘든데, 그래도 이거 하나 보면 아시겠죠, 저희 노력을.

╅╅ 그러게요. 흰 수건 보니까 기분이 좋아지네요. 세신사랑 이발사도 계시죠?

김. 세신사는 여탕만. 남탕에도 세신사가 있었는데, 영업이 잘 안돼서 없앴어. 옛날에 세신사 없었을 때, 남자들도 서로 등 밀어주고 그랬는데, 지금은 없으니까 등밀이 기계를 들여놨지. 저게 아마, 우리 영업 시작했을 때부터 나왔을 거야. 저거랑 헤어드라이어는 서비스야, 무료. 이발하는 사람도 있는데, 커트만. 면도는 안 해주고. 예전 같진 않지만, 단골들이 있어서 그럭저럭해. 커트가 칠천 원이니까 엄청나게 싸지.

╅╅ 목욕탕 인터뷰를 하면서 다시 느낀 건데, 목욕탕은 정말 봉사 정신이 없으면 운영이 힘들겠더라고요. 진짜 부지런해야 하고요.

고. 어디 여행을 갈 수 있나 모임을 갈 수 있나. 누가 매표소를 맡아주지 않으면 힘들어요. 정말 끈기로 한 거지, 딴 사람이 했으면 벌써 사라졌어요. 이거 해보니까 다시 할 생각도 없어요. 그만하려고도 했는데, 나이 드니까 점점 갈 데가 없잖아요, 몸도 불편하고. 여기 있으면 장사 안돼도 말 걸어주는 사람도 있으니, 정신이 왔다 갔다 하지 않는 이상은 있어야죠. 자식들한테도 우리 하는 식으로 한번 해보라고 하고, 그래도 싫다고 하면 그만해야죠.

✛✛ 여긴 역사가 오래된 만큼 가족들과 함께 목욕한 추억이 있는 분들도 많으실 텐데. 없어지면 동네 주민들이 너무 아쉬워할 거 같아요.

김. 젊은 사람 중에 이런 데 무시하는 사람들 많아. '어렸을 때 목욕했던 곳이라 한 번 더 가보고 싶다.' 하는 마음이라도 가진 사람이면 좀 나은 거지. 이런 목욕탕보다 더 좋은데 다닌다고 말하는 사람이 허다해. 근데, 살아보면 좋은 세월만 있는 건 아니니까, 주위도 두루두루 보살펴가며 함께 사는 거지. 그런 생각을 할 줄 모르는 사람은 매사에 성공하긴 어려워. 빈말이라도 "괜찮냐." 물어봐 주고 "어렵지 않냐?" 물어봐 주는 게 우리네 정이잖아.

✛✛ 그렇죠. 게다가 물 낭비하는 사람도 많잖아요, 이 시국에.

고. 처음 영업 시작했을 땐 돈을 못 쓰겠더라고요. 그때 돈 만 원이면 식당 가서 푸짐하게 먹었는데, 머릿속으로 '돈 만 원 벌려면 몇 명을 받아야 하나.' 이 계산이 앞서서 아끼게 되더라고요. 저희가 장사를 하다 보니까, 다른 사람 물건 쓸 때도 '이것도 이 집 재산이다.' 라는 생각을 항상 해요. 시장에서 더 주고 그래도 우리 먹을 정도

되면 그만큼만 받아와요. 목욕탕에서도 물 낭비하는 사람 많거든요. 수도를 잠가두고 해도 되는데 꼭 안 씻으면서 틀어놓고 깨끗한 물 그냥 흘려보내고. 그나마 적게 절약해 가며 써주는 사람이 있어서 다행인 거지. 그런 사람만 오면 절대 장사 못해요, 이거.

╋╋ 연세 때문에라도 목욕탕 운영이 힘든 날이 오면, 뭐 하고 싶으세요? 어디 가보고 싶은 곳이라도.

고. 여행도 별로 가고 싶지 않고, 가고 싶어도 몸이 안 따라줘요. 마감하고 올라가도 밥 먹고 자는 게 일이라. 요즘엔 생태숲에 자주 가요. 나이 든 사람들 걷기 좋게 잘해놨거든요. 볼 것도 많고. 노는 날엔 애들이 오니까 드라이브 가고, 맛있는 거 먹고, 애들이 좋은 데 찾아주면 거기 가고.

김. 그날은 할망, 할아방이 돈 쓰는 날이야. 기름도 채워주고 점심도 사주고. 애들은 가고 싶은 곳을 찾아오기만 하면 돼. 우린 이제 돈 쓸 일이 없어. 결혼도 다 시켰고 손자 손녀도 봤고. 우린 그거 주는 기쁨으로 살아. 이것도 우리가 고생한 댓가지.

╋╋ 남기고 싶은 말씀 들려주세요.

김. 여긴 오래 하다 보니까 육지서도 계절마다 찾아오는 사람들이 있어. 와서는 그래. 언제 와도 물이 변함없이 너무 좋다고. 밖에서 보면 건물이 낡아 보여도 안에는 청결하고 좋다고. 그렇게 믿어주고 멀리서도 찾아주니 정말 고맙지.

고. 저흰 늘 성심성의껏 깨끗하게 해요, 동네 어른들만이라도 돌아올 수 있게. 우리 남편은 여기 없애는 것보다는, 힘들더라도 찾아오는 동네 손님들을 위해서 깨끗하게 잘하자고 해요, 하는 날 까진. 동네 주민 덕에 잘 살았고, 살고 있다고. 감사한 마음 늘 갖고 있다는 말, 꼭 전해주세요.

2022. 9.
화신탕 | 김창길·고순덕 대표

든든하고 푸근한
랜드마크 동네 목욕탕

○ ○ ○ ● ○ ○

오목사우나

성북천 어디에서나 선명하게 보이는
붉은 벽돌 굴뚝, 그리고
'목욕탕'이란 글자.
건물 앞 작은 교차로에 들어서면
어김없이 '목욕합니다'란
다정한 문구가 나를 반긴다.

어느 동네든 랜드마크가 되어 주는 장소가 있다. 미끈하게 솟은 고층빌딩이나 유동 인구가 많은 쇼핑몰이 아니어도 터줏대감처럼 묵직하게 동네 중심이 되어 주는 곳. 목욕탕의 리즈 시절을 상징했던 굴뚝처럼 동네 목욕탕이 지금은 예전 같은 영화를 누리지는 못하지만, 그곳에서 나눈 동네 사람들의 소소하고 잔잔한 추억과 가족, 친구 때로는 혼자 보냈던 시간은, 다큐멘터리 필름 속 중요한 장면으로 무한 재생되고 있다. 세월을 벗 삼아 나만큼 나이 든 오목 사우나를 마주하면, 매번 중요한 일을 앞두고 찾았던 동네 목욕탕에서의 그 하루들이, 아스라이 뽀얀 수증기와 함께 영화 장면처럼 몽글몽글 피어오른다.

+++ 자꾸 시선이 가는 목욕탕입니다. 위용이 넘치면서도 꽤 친근한

이미지인데, 얼마나 운영하신 거예요?

한 50년 이상 됐나 봐요. 먼저 주인이 건물을 사서 수리를 싹 한 다음에, 자기가 좀 하다가 우리한테 팔았어요. 우리는 2002년부터 했고요. 다른 사람한테 맡기지 않고 그냥 쭉 우리가 하고 있어요.

+++ 목욕탕 위치가 참 좋아요. 대로변 교차로에 있어 진입로도 많고 굴뚝이 높아서 찾기도 쉬워요.

도로변에 있으면 목욕탕을 그만두더라도 딴 걸 할 수 있겠다 싶어 여기로 정했어요. 골목 안에 들어가 있으면 나중에 다른 걸 하기가 좀 그렇잖아요.

+++ 오면서 둘러보니 살림집이 많던데, 이 주변에 목욕탕이 더 있었죠?

도보 거리 안에 목욕탕이 열세 개 있었어요. 그게 다 없어지고 지금은 여기만 남은 거예요. 처음 왔을 땐 집들이 진짜 허술했었는데, 아파트 같은 것도 없었고. 우리 집은 그때나 지금이나 이 정도 규모로 했으니까. 시설이 탁월하게 좋았다기보다는 다른 집에 비해서는 좀 나았죠, 그때 당시에도.

+++ 건물이 특색 있어서 드라마나 영화 촬영지로 많이 탐냈을 것 같아요.

장소 섭외하는 사람들이 와서 명함 주고 가고 그래요. 어제도 여기서 촬영하고 갔어요. 여기저기 의뢰가 많아요. 드라마 〈펜트하우스〉 있죠? 그것도 여기서 찍었어요, 탕이랑 옥상에서 신은경 배우 나오는 장면. 〈조폭 마누라 2〉도 여기서 찍었어요. 여러 방송국에서 장소 섭외 왔는데, 나중에는 너무 와서 싫다고 했어요. 여긴 영업하는 곳인데 손님한테 방해되니까. 그거 찍었다고 손님이 느끼는 것도 아니고, 촬영할 때만 구경 오고 마니까. 학생들도 와선 부산 영화제에 출품한다고 많이 찍어가고 그랬어요.

╫ 목욕탕은 영업시간도 길고 챙겨야 할 것도 많아서 선뜻 하기가 쉽지 않았을 텐데, 어떻게 시작하셨어요?
목욕탕은 서른여덟 살부터 했어요. 예전 우리 집 옆에 목욕탕이 있었어요. 그 주인이랑 친하다 보니 이런저런 얘기를 하다 목욕탕을 하게 됐는데, 시작할 땐 목욕탕에 대해서 아무것도 몰라서 있는 시설 그대로 받아서 했어요. 나는 원래 철근 장사를 했어요, 강남 쪽에서. 철근 장사가 그땐 판로가 좋았거든요. 집 짓는 사람들 상대로 하니까. 한남대교 있죠? 강남 개발도 안 됐을 때, 거기 납품하는 것부터 장사를 시작했어요. 시골에서 처음 올라왔을 때부터 우리 매형이 이 사업을 했었어요. 그래서 철근 장사에 합류해서 손위 매형하고 나하고 동생하고 가족 사업처럼 했고. 근데 가을이 되면 건축 경기가 끝나고 겨울이 되면 건축업자들이 외상으로 많이 하다 보니, 비수기 대비해서 목욕탕을 해보면 어떻겠냐 해서 이쪽으로 갈아타게 된 거죠. 지금도 내 동생은 강남에서 철근 장사를 하고 있어요.

✛✛ 목욕탕은 진짜 손도 많이 가고, 영업시간도 길고 휴가도 제대로 못가잖아요. 처음엔 불편함을 많이 느꼈을 거 같은데.

그때는 막 결혼했던 때라 뭐 그냥 괜찮다 그랬지, 특별히 싫고 좋고 그런 건 없었어요. 정기 휴일 빼고 매일 4시에 일어나서 영업 준비 하고, 오전 5시부터 저녁 7시까지 영업하고 쉬는 날엔 대청소하고. 5일제 근무가 아니고 토요일 오전까지 일할 적에는 토요일 날 많이 오시고 그랬는데, 그게 해제가 돼 버리니까 손님들이 안 오더라고요. 게다가 24시간 사우나가 생기니까 늦게까지 열어도 손님들이 24시 사우나로 많이 가고.

✛✛ 그때도 목욕탕 건물 인수하는 비용도 많이 들었을 텐데요.

처음엔 세(임대)를 얻어서 했죠. 그 당시엔 목욕탕을 아무나 못 했어요. 진짜 돈이 있어야 했어, 돈이 많이 들었으니까. 근데 하고 보니 벌이도 그냥 그냥. 그래도 외상은 아니니까. 그렇게 한두 개 했지, 마포랑 잠실에서. 당시 살림집은 만리동 쪽이었고. 마포에 동원목욕탕이라고 있었어요. 지금은 재개발 때문에 없어졌어요. 잠실에 있던 건 무슨 탕이었더라? 잠실역 있는 데 있죠? 잠실나루역 바로 그 옆옆에. 거기 목욕탕이 세 개 있었는데, 가운데 거를 내가 했거든. 그때는 거기 아파트가 3층인가 그 정도밖에 안 됐어요. 그거를 하다가 그만두고 조금 돌아다니다 만리동 집 정리하고 여기 목욕탕 건물을 사서 쭉 했어요. 여기 개업했을 때 목욕비가 사천오백 원인가 오천 원 했어요. 지금 우리 내외가 다 70대예요. 목욕탕 참 오래 했죠.

╫ 여탕 남탕이 층별로 있고, 실내도 넓은 편이라 두 분이 하긴 벅차 보이네요. 이발사, 세신사 분들만 계신 거죠? 다른 건 두 분이 하시고.

그렇죠. 코로나 전에는 우리뿐만 아니라 다른 데도 손님이 좀 있었는데, 지금은 코로나 때문에 손님도 많이 줄고 모든 게 다 줄었어요. 세신사나 이발사도 손님이 많이 와야 때도 밀고 그러는데 일을 못 하니까. 다른 데 가지도 못하고 여기만 와서 하루 종일 손님 기다리다가, 일해 달라는 사람 있으면 일해 주고, 없으면 기다리다 그냥 가는 거고, 다 어렵지.

╫ 여기 세신은 정말 시원하던데요. 집만 가까우면 정말 매일 오고 싶을 정도로요. 목욕 요금도 다른 데 비해 저렴하고요.

그전에는 목욕비 육천 원 받다가 칠천 원 받았는데 지금은 보통 팔천 원 받는 데가 많아요. 우리는 그냥 칠천 원 받는데, 그렇게 받아서는 사실 운영하기가 힘들죠. 세신비도 여자는 이만 원, 남자는 만 오천 원, 월 정기권도 열 장에 육만 삼천 원 받아요. 탕 규모에 비해 요금을 전반적으로 싸게 받는 편이죠. 목욕탕들이 장사가 안돼서 부도나는 집이 지금도 많아요. 그럼에도 버틸 수 있는 거는 우리 건물에다가 우리 집이니까. 세신, 이발 일하는 사람들만 쓰고 우리 내외가 직접 하니까 버텨나가는 거고. 전기, 가스비 등이 고정적으로 몇백이 나오니까. 수도하고 전기는 코로나 이슈로 한 6개월 동안 할인해 줬어요. 고맙죠. 하여튼, 근데 진짜 힘들어요. 실제로 전기세,

수도세를 못 내고 그냥 사라지는 사람이 많아요.

++ 여긴 그래도 시설이 좋아서, 한번 온 분은 계속 오겠던데요. 수
용인원도 꽤 되죠?

여탕, 남탕 다 40, 50명씩은 수용 가능한데, 코로나 시작하고 나서
는 탕이 빌 때가 많았죠. 한두 명 아니면 없을 때가 있었으니까. 우
린 수돗물을 쓰지만 냉탕은 지하수를 사용해요. 110m 정도에서 퍼
올려서 물이 굉장히 차고 시원하죠. 봐서 알겠지만, 우리 집 같은 경
우는 내부 수리도 크게 할 게 없어요. 오래되다 보니 손 볼 곳은 생
기는데, 조금씩 보완해 가면서 이상이 있으면 고쳐서 쓰는 거죠. 이
제 얼마나 할 수 있을지도 모르겠고. 튼튼하게 짓긴 했어요.

++ 여탕 옥사우나, 황토방도 기대 이상이에요. 일반 목욕탕 시설
같지 않아요.

우리 집 여탕 황토 사우나 옥사우나는 꼭 들어가서 확인을 해봐야
해요. 밑에는 동을 깔아서 난방했고, 그 위에는 황토를 체로 쳐서
고운 가루들로 싹 깔았고, 그 위에 멍석을 놓아서 온도 조절이 잘
돼요. 방 양쪽이랑 천장도 다 황토로 해서 이 안에서는 땀을 흘려
도 땀 냄새가 안 나요. 황토가 다른 냄새를 잡아주니까. 이건 우리
가 새로 시설을 한 건데 24시간 황토 옥사우나도 여기만 못하다니
까. 사우나실 안의 숯도 되게 좋은 거야. 저거 돈 많이 들어가요. 천
만 원, 이천만 원이면 한다고 했는데, 해보니까 그렇게 들어가도 못

해요. 옥사우나도 그렇고. 옥이 좋다고
해서 해 둔 거야. 남탕에는 운동기계를
갖다 놔서 운동도 할 수 있어요. 아주
넓지는 않지만 좁지도 않아. 운동하면
땀 나니까 바로 가서 목욕하면 되고. 예
전에는 그런 사람들이 많았는데 요즘엔 운동하는 곳에 다 샤워장이
있어서 드물죠.

+++ 시설이 많아서 청소하기가 수월하진 않겠어요. 목욕탕은 바닥
청소에 진짜 신경을 많이 쓰시잖아요.

청소할 때 우린 락스하고 물비누를 써요. 남자들은 써봤자 샴푸밖
에 안 쓰는데 여자들은 다양하게 쓰니까. 오일 같은 건 팔지도 않
고 못쓰게 해요, 사고 나니까. 바닥에 돌 있잖아요, 꺼끌꺼끌한 거.
그 앞에 돌이 있는데도 미끄러지지 말라고 칼로 긁어서 홈을 파놓았
어요. 세심하게 해둬도 넘어지면 불결해서 넘어졌다고 그렇게 핑계
를 많이 대요. 그런데 우리가 청소를 아무리 깨끗이 해도 그 이튿날
사람이 와서 머리 감고 어쩌고 하고 비눗물이라도 덜 헹구고 그러면
미끄러울 수는 있어. 아주 안 미끄럽다고는 할 수가 없죠. 나이 많
이 잡숫고 발 잘못 디디고 발 제대로 닦지도 않고 그러면, 힘이 없는
사람들은 그냥 미끄러지는 거예요. 우리도 깨끗이 닦고 본인들도 깨
끗이 닦고, 서로 많이 조심해야 해요.

✢✢ 목욕탕 휴가 기간이 대부분 7월 말에서 8월 초던데요. 그때가 가장 더워서 많이 안 오시는 것도 있을텐데, 코로나가 아닐 때는 꾸준히 오셨나요?

그렇죠. 코로나 이전에는 꾸준히 손님이 와서 그런대로 괜찮았어요. 목욕탕은 계절 장사예요, 겨울 장사. 겨울에 벌어서 여름 같은 때, 비수기 때 수리해서 또 겨울 장사 준비하는 거지. 근데 코로나 때문에 아주 망해버렸어요. 식당도 안 된다고 하지만 밥은 안 먹으면 죽잖아요. 안 먹고는 사람이 견딜 수가 없으니까 어쨌든 먹기는 하는데, 목욕탕은 뭐, 목욕 안 한다고 죽지는 않잖아요. 아주 즐겨하는 사람만 다닐 뿐이지. 그전에는 괜찮았는데, 지금은 진짜 공과금 내기도 힘들죠. 코로나 오고 아주 힘들어졌어요.

✢✢ 동네 목욕탕에 어린이나 청년들은 거의 안 온다고 그러던데요.

예전에는 엄마나 아빠 손 잡고 오던 애들이 지금은 다 대학 졸업하고 취직해서 다른 데로 간 것 같더라고요. 결혼해도 또 딴 데 가서 살고. 오면 '누구구나!'라고 할 만큼 알긴 아는데. 지금 목욕탕 이용 손님은 노인들이 많지 젊은 사람은 없어요. 사실 나이 먹은 사람들만 오면 위험하거든. 사고 날까 우리도 항시 조심하고, 여기(매표소) 있다가도 나이 많이 먹은 사람이 오면 들어가서 한 번씩 거동을 살핀다던가 그래요.

✢✢ 목욕을 오래 하면 갈증 나니까 목욕탕이나 찜질방 들어갈 때 보

통 녹차나 미숫가루나 안에서 팔잖아요. 음료수 찾는 손님들이 많이 줄었죠?

지금 사 먹는 사람도 있겠지만 옛날보다 덜 사 먹죠. 남자들도 지금은 음료수를 옛날처럼 그렇게 많이는 안 찾더라고. 커피나 게토레이 같은 거 많이 먹죠. 달걀도 팔았는데 지금은 여탕에서만 팔고 있어요. 남자는 찾는 사람이 없으니까 안 팔지. (먹는 사람이 있을 수는 있지만) 안 팔리니까 안 팔아요.

++ 목욕탕에 이런 지원이 좀 있었으면 좋겠다고 하는 바람이 있다면요?

목욕탕이 개인 사업이긴 하지만, 동네 주민들이 이용해 줘서 운영이 가능한 거예요. 주민들도 목욕탕이 없어지면 불편하고. 그러니 개인이 목욕탕을 못하면 정부가 목욕탕을 만들어서라도 유지는 해줘야 해요. 만약에 딱 세 가지 지원을 해준다고 하면 수도, 전기, 가스비 좀 지원해 주면 제일 좋죠. (목욕탕 이용) 가격 올린다고 뭐라고 할 게 아니라 가격 안 올리고도 할 수 있게끔 도와주면 좋잖아요. 우리가 올리는 것도 폭리를 취하려고 올리는 게 아니라 사실 너무 어렵고 힘드니까 올리는 거예요. 예를 들어 우리가 안 하면 이 주위에 없어요, 목욕탕이. 지금은 목욕탕 해 봤자 돈을 버는 게 아니라 적자다, 빚만 진다 이러니까 목욕탕을 안 하잖아요. 목욕탕 사업이 수지가 맞는다면 이걸 많이 할 텐데. 진짜 모든 게 다 엄청나게 올랐어요. 그러다 보니 목욕탕도 전폐, 지금 운영하는 사람들도 갈림길이에요.

돈을 번다고 하면 너도나도 뛰어들어서 하겠죠. 지금은 그게 아니에요. 확신이 없으니까. 답이 없어요.

➍➍ 그래도. 적어도 한 10년. 20년은 목욕탕을 더 운영하실 수 있잖아요. 지금 건강하시니까. 앞으로 바람이나 소원이 있다면요?

내가 몇 년이나 더 살 수 있을지 모르지만 건강하게 살아 있는 동안은 쭉 할 수가 있겠지요. 나는 이제 다 손 놓고서 그냥 우리 집사람하고 남은 인생을 좀 즐기고 싶어요. 여행도 다니고 맛있는 거 많이 먹고. 다른 거 하고 싶다 그런 생각은 없어요. 소원이 딴 거 있나? 건강이죠. 코로나는 당연히 빨리 없어졌으면 좋겠고 우크라이나, 러시아 전쟁도 빨리 종식되어야 하고. 경기 부양이 잘 돼서 온 국민이, 세계 국민이 전부 다 잘 살 수 있었으면 하는 거. 그거예요.

2022. 7.
🎐오목사우나 ｜ 유선옥 대표

약수탕

목욕탕에 다녀오면 기분이 좋다.
몸과 마음이 깨끗하고 가벼워진 이유도 있지만,
공간 특유의 냄새와 사물들이 자연스레 끄집어내는
특별한 추억이 있어 더 그렇다.
오늘도 모두의 추억으로 꽉 찬 약수탕은 영업 중이다.

　탕 안에 몸을 담그고 이런저런 생각을 하다 보면 목욕탕에 함께 왔던 사람들과 목욕탕에서 만난 사람들이 하나둘씩 스쳐 간다. 가장 떠오르는 건 멋모르고 엄마 손에 이끌려 온 아찔했던 첫 방문의 기억. 수증기가 살짝 낀 탕 안에 몸을 담그고, 적당한 온도로 맞춰진 깨끗한 물로 전신의 피로를 씻고, 적당히 건조한 수건으로 물기를 닦아 내는 일은 어디서든 할 수 있지만, 여기만큼 특별하진 않기에. 목욕탕, 자꾸 가고 싶다.

+++ '약수'라는 이름을 쓰는 목욕탕이 매우 많더라고요. 물, 정말 좋은가요?

좋죠. 우리 집은 여과 안 한 지하수를 수돗물과 섞어 써요. 목욕탕업이 전반적으로 잘됐을 땐 물이 좋다고 택시 기사님들이 새벽에 많이 오셨어요. 게다가 위급 시에 저희 지하수를 쓰게 해달라고 한 구청 요청도 있어서 수질 검사를 더 꼼꼼하게 합니다. 그러니 항상 유지 되는 거죠, 깨끗하게.

✢✢ 개업할 때부터 쭉 쓰신 거죠? 이 이름을.
네. 거의 50년이 되었어요. 아버지가 하시던 걸 제가 이어받아서 하고 있는데, 아버지가 운영하셨을 땐 우리 목욕탕 건물이 동네에서 제일 컸어요. 20여 년 전에 건물 리모델링을 했는데, 탕 내 시설이 늘어나면서 '약수탕', '약수 목욕탕', '약수 사우나' 이렇게 이름을 사용하긴 했죠. 지금 이렇게 목욕업이 안 될 줄 알았으면 그때 목욕탕을 안 했어야 했는데, 그땐 목욕탕이 잘될 때였거든요. 그래서 리모델링도 좋은 데 맡겼었는데 거기서 하지 말라고 해서 딴 데 맡기기까지 했고요. 지금은 팔았지만, 독산동에도 같은 이름의 목욕탕을 한 30년 넘게 운영했어요.

✢✢ 안 그래도 목욕탕 손님이 줄어드는데, 코로나가 몇 년 동안 이어져서 너무 힘드시죠? 얼마 전 폭우에 침수 피해도 보셨잖아요.
목욕탕 손님은 한 10년, 15년 전부터 해마다 줄긴 했어요. 한 20년 전쯤이 그래도 잘되었던 거죠. 목욕비 사천 원 정도 받았던 때요. 50년 동안 영업하면서 건물 지하에 있는 기계에 물이 들어간 것도 올해가 처음이었어요. 물이 약간 넘치긴 했어도 지하에 물이 들어간 적은 없었거든요. 배수관을 넓히기도 했고요. 근데 올해는 비가 너무 많이 왔어요. 백 년 만에 온 큰비라잖아요. 그래도 저희는 영업 쉬는 20일 동안에 비가 들어온 거라 다른 사고는 없었고, 막 수리해서 영업은 하고 있으니 다행인 거죠. 낮은 지대에 있는 목욕탕들은 완전히 침수되어서 일주일 동안 문을 못 열었어요. 아직 전화선 복구도 안 되었으니 영업 전화도 안 될 거고요. 공무원들이 와서 상황을 보고 갔는데, 피해 신고를 해도 최대 이백만 원 준다고. 모르겠어요, 저희도 받을 수 있을지는. (이후, 이 일대가 재난지역으로 선포되어 수리비 정도의 보상이 나옴.)

++ 엎친 데 덮친 격이네요. 코로나19로 한참 어려운 상황인데.
우리나라가 외환 위기를 겪을 때도 이 정도는 아니었어요. 보통 여름엔 목욕탕에 찾아오는 손님이 없어서 오래 문을 닫고 내부 수리를 하거나 휴가를 가죠. 그래서 저희도 20일간 쉰 거고요. 사회적 거리두기가 엄격할 땐 두말할 것도 없이 문을 닫았어요, 목욕탕 운영 자체를 못 하게 했으니까. 조금 풀려서 운영할 때도 격리는 있었는데, 그땐 별문제 없다가 격리가 해제되었을 때 확진자가 나와서 또 한동안 쉬었어요. 그래도 저희는 서로의 안전을 위해 마스크 쓰고 목욕하라고 말씀드려서 추가 감염은 없었죠. 탕 안에서도 마스크 안 쓰면 그냥 가시라고 했더니 감염도 없었고요. 그게 불편해서 안 오는 분들도 계시지만, 그것 때문에 오는 분들도 계시니 결국은 같더라고요. 목욕업은 적자가 난다고 보면 돼요. 되는 데가 없을 거예요.

✛✛ 그래서 그런지 휴업이나 폐업, 업종 변경을 하는 목욕탕들이 많더라고요.

요즘에는 목욕탕을 다른 형태로, 부분적으로 바꿔서 하는 분도 많은 것 같은데, 이 동네는 주변 상권 상 할 수가 없어요. 아파트가 많이 생겼어도 베드타운 수준이라, 겨울에는 그냥 현상 유지하고 여름에는 적자 나고 그래요. 저희랑 목욕용품 거래하는 분도 장사가 안돼서 오전에는 물품 납품하고 오후에는 알바한대요. 물류 센터 같은 곳에서.

✛✛ 물가도 많이 올라서 대부분 요금 조정을 했던데, 여긴 입욕비가 얼마예요?

칠천오백 원이에요. 이렇게 받아서는 안 되는데, 주 이용객이 어르신들이기도 하고 업자들 간에 경쟁도 심해서 가격을 못 올리고 있어요. 정액권은 열 장에 칠만 원이요. 저희 입장에서는 안 비싼데, 사는 사람 입장에선 비싸다고 생각할 수 있죠. 정액권 사던 사람도 안 사고 그때그때 할 것만 사서 쓰는 상황이다 보니 시설에 투자하면 적자가 납니다. 쓰는 데까진 고쳐서 쓰는 거고, 그래도 안 되면 문 닫아야죠. 간단한 건 제가 하지만, 나머지는 업자 불러서 해야 하니 유지비가 적지 않거든요. 여러 사람이 쓰는 곳이라 손 볼 곳도 은근히 많고요.

╅ 기본 연료비도 엄청나죠? 물세, 전기세, 가스비 등등.

기본이 몇백 단위인데, 사람이 적게 온다고 해서 비용이 줄어드는 건 아니에요. 매일 새로 물을 쓰니까 버려지는 건 비슷하죠. 아버지가 목욕탕 두 개 운영했을 땐 대출 받아서 유지했고, 공사장에서 못 쓰는 나무 구해다 때고, 벙커씨유 쓰고 그랬어요. 나무 땔 때는 그래도 괜찮았어요, 연료비도 줄었고 영업도 그런대로.

╅ 오래되기도 했고, 주변에 아파트나 상가가 많아서 어느 정도 유지가 될 거라고 생각했는데.

이전에는 동네에 부잣집이 많았대요, 한 50년 전에는. 아파트가 생기면서 아파트값만 오르고 주택 집값은 오르지 않았다고 하더라고요. 아마도 비용 때문에 이사를 할 수가 없어서 계속 사는 게 아닌가 싶어요, 20년이고 30년이고. 여기 오래 산 동네 분들은 서로 다 알거든요. 요즘 아파트 십 억, 이십 억 하잖아요, 여기 팔고 다른 데 가려면 더 작은 곳으로 가야 하니까 계속 있는 거고, 주거지가 많아 보여도 대부분이 원룸이고요. 새로 지은 아파트 사람들은 여기서 안 살아요. 그렇다 보니 10년 전이나 20년 전이나 동네 발전은 없고 똑같죠. 동네 친구들도 다 떠났고 어르신들만 계세요.

╅ 여기서 쭉 사신 거죠?

여섯 살 때 이사 와서 쭉 살았으니까 저도 여기 산 지는 50년 됐어요. 다른 일 하면서 잠깐 딴 데 살긴 했는데, 결혼 후에 직장 그만

두고 목욕탕을 이어받았죠. 목욕탕 운영 때문에 다시 온 건 아닌데, 결과적으로는 그렇게 됐어요.

✣ 가업을 이어 하시는데 목욕탕업 상황도 전반적으로 어려워서 여러 생각이 들겠어요.

그래도 초창기에 아버지 고생하신 게 제일 많이 생각나요. 목욕탕 지을 때 빚내서 한 거라 고생 정말 많이 하셨거든요. 다행히 여기가 잘 돼서 독산동에 하나 더 내셨다가 정리하고 지금은 여기만 남았는데, 자가니까 힘들어도 운영하는 거지 월세였다면 정말 너무 힘들죠. 이 근처에만 목욕탕이 일곱, 여덟 개 있었는데, 큰 것 몇 개 빼고 다 문 닫았어요. 여긴 오래된 만큼 단골이 있어서 그나마 운영하긴 하는데, 손님이 줄면 그만둬야 하는 게 맞죠. 목욕탕이 안 되니 물려주는 건 생각도 못 하고요. 저희도 나중엔 세를 주지 않을까 싶어요. 지금 저희 건물에서 같이 계신 분들도 20년 전 리모델링 했을 때부터 쭉 같이 계세요. 어렸을 때부터 봐와서 다들 가족 같고, 30, 40년 정도 맺은 인연이라서 가족끼리도 다 친해요. 서로 사정을 봐주는 거죠.

✣ 리모델링하면서 크게 바뀐 공간들이 있어요?

여긴 원래 일반 주택이었어요. 그거 허물고 목욕탕 짓고, 다시 목욕탕 리모델링을 했죠. 원래 일 층에 여탕이 있었는데, 리모델링해서 지금처럼 매표소로 바꾼 거예요. 지금은 몇 계단을 올라와야 매표소

지만 새로 짓기 전에는 여기 단이 좀 낮았어요. 그러다 보니 중고등
학생들이 담 너머로 일 층 여탕을 훔쳐보는 일들이 좀 있었죠.

✛✛ 지금 구조로는 불가능한 일이 예전엔 있었군요. 목욕탕은 어렸
을 때 엄마랑 같이 오게 되는 경우가 많았잖아요. 대부분 남자는 어
렸을 때 그게 그렇게 싫었다고 하던데.
남자애들은 엄마랑 목욕탕 가기 싫어해요. 요즘에는 네 살이면 엄마
따라 목욕탕 못 들어가지만, 예전에는 초등학교 전까지는 괜찮았어
요. 엄마한테 강제로 끌려들어 오면 반 친구들 만나니까 가기 싫죠.
아빠랑 가고 싶어도 그 당시는 엄마가 다 케어하는 분위기였잖아요.
아빠들은 안 데려가니까요. 저도 초등학교 1학년 때 엄마가 여탕에
데리고 갔는데, 딱 한 번이었지만 정말 얼마나 싫었는지 몰라요. 그
게 트라우마가 돼서 목욕에 대해 안 좋은 기억을 가진 분들도 많아
요, 남자 중엔.

✛✛ 저도 중·고등학교 때 친구를 목욕탕에서 만난 적이 있는데 민망
하더라고요. 다시 만날까 봐 목욕탕 가는 게 꺼려지긴 했는데, 그럼
에도 목욕하고 나오면서 먹는 초코 우유, 바나나 우유가 맛있어서
목욕탕은 주기적으로 갔어요. 하하하. 코로나19 발생하고 안에서
음료 사드시는 분 거의 없으시죠?
그 전에 규제할 때 빼놓고는 음료수는 꼭 드세요. 저희가 커피를 좀
싸게 팔기도 하고요. 통에 타서 드리는 게 이천오백 원 정도니까.

손님이 없어서 그렇지, 오시면 제일 많이 찾으세요. 남자들은 음료수를 거의 안 찾아요. 드신다고 하면 맥콜 많이 드시죠. 제 세대엔 맥콜이 조용필이 선전한 최고의 음료수였어요. 콜라만큼 잘 팔리는 음료수였죠.

✛ 재밌네요. 여자들은 맥콜 먹는 경우가 굉장히 드물었는데. 얘기 들어보면 남자들은 목욕 시간도 아주 짧더라고요.
여자 손님들이 보통 서너 시간 있는 데 비해, 남자들은 평균 한 시간 정도하고 가요. 적게 하는 사람은 십 분, 이십 분하고 가는 사람도 있고요. 돈 주고 때만 밀고 가는 경우도 있는데, 사우나를 해도 길어 봐야 두 시간 정도예요. 사실 두 시간도 길어요.

✛ 지금은 새벽 6시에 열고 오후 5시에 닫잖아요. 영업시간도 길고 영업장이 층별로 나뉘어서 관리할 사람이 여러 명 필요해 보이는데 이발사, 세신사 외에 다른 분도 계세요?
원래 탈의실 보는 사람이 있었는데 그분이 나가셨고, 청소하는 분도 둬야 하는데 직접하고 있어요. 아버지가 계실 땐 직원을 뒀는데, 지금은 상황이 안 좋으니까요. 여기 세신사도 오래 계셨어요. 사정이 있거나 장사가 안돼서 나가는 거 외에는 한 번 들어오면 오래 계세요. 지금 경력이 한 20년 됐나? 세신비가 여자는 40분에 이만 오천 원, 남자는 15분에 만 오천 원인데, 남자 손님들은 지루해서 오래 못하더라고요.

┿┿ 오래 한 자리에서 영업하다 보면 인상 깊은 손님들도 많이 만나잖아요.

그렇죠. 30, 40년 전부터 오던 분들이 계속 오시니까. 아, 몇 년 됐는데, 토요일마다 아버님을 모시고 오는 아드님이 계세요. 아버님은 이 동네 사시고 아들은 딴 데 사는데, 매주 토요일마다 와요, 함께. 목욕탕에서 젊은 사람 보기 힘들거든요. 제 친구들도 50대인데, 목욕탕 가는 사람 별로 없으니까요.

┿┿ 어르신들만 많이 오시면 크고 작은 사고도 종종 일어날 텐데.

그렇죠. 언젠가 한 번은 남탕 손님 한 분이 목욕하다가 갑자기 쓰러진 거예요. 그래서 119 불러서 중앙대 병원에 모셔다드렸는데, 알고 보니 병원에서 퇴원한 지 얼마 안 된 분이셨더라고요. 목욕하고 싶어서 가족에게 알리지도 않고 혼자 오셨는데, 목욕하다 갑자기 이상이 생겨서. 다행히 큰 일은 아니어서 지금도 목욕하러 계속 오시는데, 오셔서는 그때 너무 죄송했다고 그러셨어요. 예전에는 귀금속 차고 거액의 현금을 갖고 다니는 분도 많았잖아요. 여탕에 소매치기나 돈 훔쳐 가는 사람도 좀 있었어요. 그런 일이 빈번해져서 목욕탕마다 '귀중품이 없어져도 책임지지 않습니다.'라는 안내가 붙어 있는 거고요.

┿┿ 맞아요. 동네 목욕탕마다 꼭 '귀금속 조심해라', '맡기지 않은 건 책임 못 진다'류의 안내가 꼭 있었잖아요. 요즘은 현금을 안 들고

다녀서 그런가 좀 드문데. 그래서 그런지 그 표식을 보면 되게 정겹
더라고요. 여기서 제일 오래된 건 뭘까요?

입욕권이요. 지금도 쓰고 있는데 인쇄한 지 40년 됐어요. 그때는 소
량 인쇄가 안 되다 보니 한번 찍을 때 대량으로 인쇄했거든요, 평생
써도 될 만큼. 아버지가 너무 많이 찍어둬서 아직도 사용하고 있어
요. 신문사에서도 입욕권을 찍어 간 적이 있어요. 우리 집이 오래된
줄 알고 취재하러 왔는데 저희가 리모델링을 한 번 했잖아요. 막상
와서 보니 그렇게 오래된 게 없으니까 이것만 찍어 가더라고요, 칼럼
에 쓴다고. 그래도 여기로 영화 촬영은 몇 번 온 적 있어요.

╋╋ 옛날엔 목욕탕 가는 일이 보통의 일상이었는데, 이젠 취재나 영
화 촬영을 위해 오는 경우도 생각보다 많더라고요. 예전에는 휴일은
말할 것도 없고 새해나 명절 이럴 때 사람들이 정말 많이 왔잖아요.

많이 왔죠. 저 초등학교 때는 목욕탕집 아들이라고 친구들이 부러워
하고 그랬어요. 기억이 흐릿한데, 목욕비 삼사천 원 받았을 때가 제
일 잘됐을 거예요. 예전 명절 때는요, 주말 손님 두세 배 정도 와서
자리가 없어서 그냥 가는 사람도 많았어요. 사람이 너무 많아서 옷
장도 부족하니 바구니에 담아 그냥 사물함 위에 올려두고 그랬죠.
저희 물탱크가 엄청 큰 편이었는데도 물도 딸렸고, 연장 영업을 해
도 다 수용 못 했었어요, 그 당시에는.

╋╋ 지금도 목욕탕은 정말 깨끗하고 넓어요. 안에 시설도 유지가 잘

되고 있고요. 다른 것보다 목욕탕 내에 그린 벽화가 인상적인데, 벽화를 그리게 된 특별한 사연이 있나요?

원래 아는 사람한테 인테리어를 맡겼는데, 우여곡절 끝에 제가 내부 인테리어를 맡게 되었어요. 그래서 목욕탕 내부를 어떻게 꾸밀까 생각하다가 미대생을 아르바이트로 고용해서 목욕탕과 어울리는 그림을 그리게 한 거죠. 사진 도안은 먼저 골랐고요. 여탕에는 고래를, 남탕에는 북극곰을 그렸는데 나름 괜찮은 거 같아요, 특색있고.

✛✛ 그러게요. 이렇게 공들여 꾸며 놓았는데, 시설이나 물건을 막 쓰면 속상하시겠어요.

대부분은 아껴서 잘 써주시는데, 목욕탕 와서 시설이 왜 이렇게 낡았냐고 하는 분들이 계세요. 목욕탕 안에 씻지도 않고 들어가는 분들도 계시고, 물을 틀어놓고 마냥 앉아 있는 사람들도 있고요. 정부 지침이라 절수기를 달아뒀는데, 아껴서 써 달라고 하면 뭐라고 하면서 안 온다고 하는 분들이 제일 난감하죠. 필요한 만큼 충분히 쓰는 건 괜찮지만 안 쓰는데 틀어놓는 건 낭비잖아요, 국가적으로도.

✛✛ 맞아요. 비용을 지불하고 쓰긴 하지만 물도 공공재인데, 막 사용하는 분들 보면 눈살이 찌푸려지더라고요. 목욕탕 하면서 예전에 비해 더 나아진 것도 있을 거 같은데. 생활 습관 같은 거요.

일찍 일어나서 여유롭고, 일찍 끝나서 취미생활 해서 좋아요. 한 공간에 오래 있고 근무시간이 길어서 지루하긴 한데, 책도 보고 공부도 하고, 요즘엔 유튜브나 넷플릭스만 봐도 시간이 잘 가니까요. 먹는 것도 아내가 건강식으로 정말 잘 챙겨주고요. 쉴 때는 자전거 타러 갑니다.

✛ 오랫동안 목욕탕 하면서 좋았던 때도 많았을 텐데요.
사실 목욕탕 하면 좋아요. 항상 깨끗하고 손님들은 기분 좋게 씻고 돌아가시고. 돈을 못 벌어서 그렇지 항상 즐겁긴 했어요. 지금은 그런 문화가 사라졌지만, 명절 땐 가족 다 같이 목욕탕에 와서 하는 게 문화였잖아요, 연례행사였고요. 아이들은 가기 싫다고 하고 어른들은 가야 한다고 하고. 다 같이 와서는 등도 밀고 누구는 싫다고 하는 그런 실랑이도 정겨웠고, 일반 풍경이었는데 말이에요. 아버지는 목욕탕이 잘 되면 밥차 같은 거 해서 어려운 분들 돕고 싶어 하셨어요. 어렵게 시작하다 보니 그거 갚느라 뜻을 이루지는 못했지만. 저도 해보려고 했지만, 그때부턴 상황이 별로 좋지 않았고요.

✛ 찾아오는 분 중에 고마움을 표하는 분들도 많으셨죠?
손님 중에 맨날 감사하다고, 깨끗하게 씻고 나니 기분 좋다고 그러는 분들이 많았어요. 이 동네 사람들이 다 잘 사는 건 아니니까요. 지금은 목욕할 수 있는 곳이 많아져서 손님 자체를 보는 게 어렵지만, 목욕 하나 하는 것도 기분 좋은 일이라며 행복하고 즐겁게 하는 분이 많으셨고, 감사하다고 말하는 분도 많았어요.

⁺⁺⁺ 전반적으로 상황은 어렵지만, 그래도 찾아주는 분들이 계셔서 운영이 되는 거잖아요. 50년을 한결같이 찾아주는 단골분들, 동네 주민들께 하고 싶은 말씀이 있다면요.

늘 고맙죠. 매번 찾아주는 손님들도 계시고, "없어지면 큰일 난다.", "문 닫지 말아라." 하며 응원해 주는 분들도 계시고요. 운동 부족할까 제 걱정해 주는 분들, 먹을 거 가져다주는 분들도 계시고, 제가 보기엔 더 여유 없어 보이는 분들도 제게 관심 가져 주시고 배려해 주세요. 근래 들어 운동하고 급하게 샤워하고 가는 젊은 손님들도 가끔 보이고요. 지금처럼 잘 운영할 테니, 잊지 않고 찾아주셨으면 좋겠어요. 서로 오래 볼 수 있게요.

2022. 8.
♨ 약수탕 | 이태승 님

비타민목욕탕

서울엔 누구에게나 열려있지만 아무나 갈 수 없는 목욕탕이 있다. 목욕탕을 이용할 수 있는 조건은 단 하나! 마을 주민일 것. 재개발 이슈로 여러 갈래의 균열이 생긴 백사마을에도 여전히 사람이 살고 있다. 이전 세대의 빈곤한 생활환경을 담은 드라마의 배경지로도 자주 등장하는 곳이지만, 균열이 난 주민들의 마음을 어루만지며 동네를 공고히 지키고 있는 밥상공동체 연탄은행도 있다. 연탄봉사로 좁고 낮은 집들엔 온기를 채워주고, 비타민목욕탕을 세워 어르신들의 몸과 마음을 아늑하게 감싸주고 있는, 진짜 주민보다 더 진짜 같은 찐 마을 주민. 그래서 비타민목욕탕의 온도는 늘 36.5도다.

✛✛ 밥상공동체 연탄은행의 시작이 궁금합니다.
대표님이 담임 목사셨어요. 서울에서 선교 활동을 하다 강원도 원주로 목회 활동지를 옮기셨는데, 그때가 1998년, IMF 영향을 크게 받던 시절이었죠. 원주천이 있는 곳에 쌍다리(원주교)라고 있는데, 목회 활동 중인 대표님께 '배고프다', '밥 달라'고 하는 노숙자가 많았대요. 그때부터 목회 대신 그분들께 급식 무료로 해드리고, 다치면 치료해 드리기 시작한 게 어느새 25년 차가 되었습니다.

✛✛ '밥상공동체'라는 말은 '식구'를 의미하잖아요. 이름이 참 좋습니다.
대표님이 사회복지 영역과는 직업적으로 무관한 일을 하셨는데, 목회자 활동 이전부터 생각했던 이름이 밥상공동체였대요. 이걸 하실 운명이었던 것 같아요.

+++ 밥상공동체 연탄은행에선 후원을 기반으로 꽤 다양한 공익 활동을 하고 계신데, 재개발 지역인 백사마을과는 어떤 인연으로 맺어졌나요?

백사마을은 1967년에 생겼어요. 정부가 개발을 이유로 서울 각지 판자촌 사람들을 이곳으로 강제 이주시키면서 만들어졌죠. 중계동 산 104번지라는 옛 주소가 마을 이름이 되었고요. 2009년까진 개발제한구역이었는데, 재개발 이슈가 생기면서 동네가 어수선해졌어요. 그런데 재개발이 난항을 겪으면서 여기 계신 분들의 어려움이 더 커졌죠. 저희는 2004년부터 백사마을에 있었고, 어르신들만 여기에 두고 갈 수는 없어서 거주 어르신 집 중 하나를 조금 손봐서 현재 사무실로 사용하고 있어요. 어르신들 필요하다 하시는 일 도와드리면서 저희 업무도 보고 있지요.

+++ 처음에는 연탄 봉사가 주된 업무였겠죠?

그렇죠. 2002년에 어떤 분이 연탄을 후원해 줄 테니 필요한 분들께 보내달라고 연락이 온 거예요. 월드컵 시즌이었는데, 당시 분위기는 '누가 요즘 연탄을 때?'였어요. 어쨌든 연탄을 천 장 정도 받아서 가져다 놨는데, 그게 순식간에 동나면서 그때 알았죠. 연탄이 필요한 사람이 아직 있다는걸요. 그걸 계기로 대대적인 연탄 사용 가구 조사를 시작했고, 조사 대상을 원주에서 서울로 확대했어요. 서울에서도 연락이 왔거든요, 왜 안 주냐고. 그전까진 '서울에서 무슨 연탄이 필요해?'라는 생각이 지배적이었는데, 알고 보니 필요한 곳이 너무 많더라고요. 그중 백사마을이 가장 높은 비율을 차지했어요. 당시 거의 천 세대가 연탄을 때고 계셨으니까.

+++ 백사마을과 연탄으로 맺은 인연이 목욕탕 설립까지 이르게 된 거네요.

네. 정부가 연탄 지원 사업을 하고 있지는 않잖아요. 에너지 취약 계층에 대한 지원 사업을 하는 게 아니다 보니. 불과 4, 5년 전만 해도 450가구 이상 연탄을 땠는데, 많이 떠나셨어도 140가구 정도가 여전히 연탄을 필요로 하세요. 그분들께는 후원받은 연탄을 무상으로 드리고 있고요. 백사마을과 시작을 함께한 어르신들도 계시거든요. 그분들은 연세가 많아서 차 타고 목욕탕까지 다녀오시는 게 힘드니까, 목욕탕 한번 해보자고 해서 운영하게 되었죠.

+++ 안 그래도 이곳을 돌아보니 목욕탕은 꼭 필요하겠더라고요. 그런데 외관상으로는 일반적인 목욕탕 형태가 아니라서 '여기가 맞나?' 하며 두리번거렸어요. 특별히 이 집을 목욕탕으로 선택한 이유가 있을까요?

목욕탕을 설계하면서 가장 고려했던 부분은 접근성과 편의성이었어요. 또 목욕탕뿐만 아니라 화장실도 있어야 하니까 어느 정도 여유 공간이 있어야 했죠. 그 조건에 부합한 곳이 딱 여기였어요.

✛✛ 아무리 작게 짓는다고 해도 기본 설비랑 수로를 빼 오려면 비용이 만만치 않았을 텐데요. 어떻게 충당하셨어요?
제가 그 당시에 있진 않았지만, 후원처 찾고 설계하고 모금하는 데 1년 정도 걸렸을 거예요. 마을 어르신 포함 개인 및 기업 후원자 총 600분의 온정이 모여 지어졌고, 그분들 성함을 외부 벽면이랑 입구 배너 가림막에 적어뒀어요.

✛✛ 정말 의미 있는 목욕탕이네요. 게다가 백사마을에 60년 만에 생긴, 딱 하나뿐인 목욕탕이잖아요. '비타민목욕탕'이란 이름은 어떻게 지어졌나요?
목욕하고 나면 상쾌하고 깨끗해지잖아요. 어르신들한테 '삶의 활력소가 되어 드리는 목욕탕이었으면 좋겠다.'라는 의미로 지었어요.

✛✛ 삶의 활력소가 될 것 같아요. 여기 오면 동네 사람도 만날 수 있으니까 더 좋아하실 것 같고요.
최소한의 설비로 만들어 놓은 거지만, 어르신들이 너무 좋아하셨어요. 처음 생긴 거라서요. 예전엔 여기 개천가에서 씻으셨던 분들이니까요. 그리고 수돗물에서 녹물이 나와요, 아직. 그래서 씻기가 너무 힘들고, 겨울엔 또 수도가 얼어서 물이 안 나오니까 힘들고요. 여기는 사전 점검 후 운영하는 거라서 동파 걱정은 없어요. 겨울에는 보일러 틀어놓으면 따뜻하니까 어르신들이 와서 씻으시고 여기 앉아서 얘기하다 가세요.

++ 2016년에 시작해서 지금까지 사용 누적 인원이 10,328명(2022년 10월 기준)인데 운영의 어려움은 없나요? 한 달 유지 비용도 꽤 될 것 같은데요.

운영비는 전기세, 물세, 소득세 정도만 나가요. 무료 사용이라고 말씀드려도 어르신들이 물값은 내야 된다고 하시면서, 저기 항아리 있잖아요, 저기에다가 천 원, 이천 원씩 넣어주시기도 하고요. 또 어르신들은 워낙 물을 습관적으로 아껴 쓰세요. 물세, 전기세도 많이 나왔을 때 대략 이십만 원에서 삼십만 원 정도이고 겨울에는 기름보일러를 트니까 쓰는 만큼 나오죠. 거기에 어르신들이 사용하는 샴푸, 린스, 로션, 비누, 세탁 세제 같은 소모품만 주기적으로 저희가 채워놓고 있어요. 수건이나 때수건은 각자 가져오시고요.

++ 이용할 수 있는 탕이 하나라 이용 규칙이 있을 것 같은데.

예약제로 오전 10시부터 12시까지, 오후 2시부터 4시까지 운영하고 있어요. 수요일은 남자 어르신, 목요일은 여자 어르신으로 나눠서. 공간이 제한적이라 다섯 분씩 시간대별로 이용하시고요. 어르신들 보살피는 자원봉사자도 계세요. 휴장은 없는데, 8월만 방학입니다.

여기가 언덕길에 지대도 높다 보니 목욕하고 올라가셔도 땀이 나서 또 씻으셔야 하거든요.

↔ 목욕탕 사용을 위한 회원 등록 및 이용 절차가 궁금합니다.
전화하셔서 이용하고 싶다고 말씀하시면 저희가 회원증이랑 출석부만들어서 목욕탕에 가져다 둬요. 거기에 이용한 날짜를 적어주시면 되고요. 처음 오셔도 이용에 큰 어려움은 없어요. 이사 후에도 계속 이용하고 싶다고 말씀하시면 언제든지 와서 이용하실 수 있고요. 예전에는 진짜 많이 오셨어요. 돌아가시거나 먼 데로 이사 가셔서 못 오시는 경우가 늘고 있죠. 여기 거주하는 분들은 대부분 독거노인이나 노부부시거든요.

↔ 현재 수용 인원보다 수납장이 많은 걸 보니 가늠이 됩니다.
어르신들은 비타민목욕탕이 최고라고 대부분 그러세요. 집안에 조그맣게라도 씻을 공간이 있으면 모르겠는데, 싱크대 앞에 물 떠 놓고 씻는 분도 계시거든요. 사람이 많이 안 살다 보니까 기초 시설이 많이 빠졌어요. 마을이 생긴 지 60년 정도인데, 그 모습 그대로 있는 거죠. 게다가 내가 집주인이면 불편한 것도 고쳐서 쓸 텐데, 세입자인 분들이 많으니까 마음대로 못 하시고요. 그런 이유로 이용하시는 어르신들이 많으셨었어요. 예전에는 저희가 화, 수, 목, 금, 매주 4일간 운영했거든요.

✛ 규모가 작아도 할 일은 많을 텐데, 운영일 목욕탕 개장 준비는 어떻게 하세요?

어르신들이 오셔서 바로 쓸 수 있게 저희 직원이 시작 시각 전에 와서 물이랑 비품들을 채워놔요. 표시를 해두긴 했어도 잘못 틀면 뜨거운 물에 델 수가 있으니까 탕 물도 저희가 받아놓고요. 구급약이나 상비약 등도 마련해 뒀고, 공용물품도 저희가 최근에 다 교체했어요. 코로나 전에 사용했던 것도 다 폐기했고요. 여기 운영하면서는 매번 다 닦거든요. 바닥부터 다 매일매일 대청소를 해요. 깨끗하고 청결하게 사용할 수 있게.

✛ 잡고 다닐 수 있게 안전 바를 해놓은 걸 보면 사용자 대부분이 고령 어르신이신 거죠?

목욕탕은 미끄러지는 사고의 위험이 늘 있으니 안전 바를 설치했어요. 저희 직원도 상시 대기하고 있고, 원래는 자원봉사자들도 계셨어요. 전국은행연합회에서 여기로 봉사하러 오시는데, 지금은 정년퇴임을 하신 분도 매번 목욕탕으로 봉사 활동하러 오세요. 직원이 없어도 물 틀고, 청소까지 다 해 주시고, 어르신 케어도 해 주셔서 남자 어르신 케어에 저희가 도움을 많이 받았죠.

✛ 기본적인 목욕탕 설비만 있어서 아쉬운 물품들이 있을 것 같은데요.

정말 필요한 것만 만들어 놓다 보니 해드리고 싶은 게 많아요. 여기가 옛날 가옥을 개조해서 만든 목욕탕이다 보니, 겨울에는 웃풍이 조금 있고 여름에는 습해요. 그래서 선풍기랑 가스난로를 가져다 뒀어요. 창문에 비닐 덧댄 것도 겨울에 씻고 나오면 추우니까 해놨고요. 에어컨이 하나 있으면 좋겠다 싶죠. 그러면 난방도 되고 냉방도 되니까요. 어르신들은 목욕하고 여기서 조금 쉬었다 가시거든요. 냉장고도 하나 있으면 저희가 바나나 우유 같은 거 좀 채워드릴 수 있을 거고요.

++ 목욕탕이지만, 어르신들 이불이나 빨래도 세탁해 주시잖아요.
어르신들 댁이 협소하다 보니까 이불을 말릴 데가 없어요. 여름 이불은 가벼우니까 괜찮은데, 겨울 이불 같은 경우는 빨기 힘들잖아요. 여기서 세탁도 하고 건조도 해가세요. 빨래도 가지고 오시면 돌려드리고요. 한 번에 다 할 수는 없으니까 예약받아서 운영하고 있어요. 최근에 후원자분이 드럼 세탁기랑 건조기를 후원해 주셔서 잘 쓰고 있습니다.

++ 보면, 동네 분들이 여기 직원들이랑 자원봉사자들을 스스럼없이 편하게 대해주시더라고요.
예전에는 여기가 정말 떠들썩했어요. 한 집에 모여서 함께 점심도 드시고, 저녁 드라마도 같이 보시고. 다른 집 살림살이, 가족 구성원들까지 다 알고 서로 나이 상관없이 친구처럼 지내셨어요. 남아 계신 어르신들도 4, 5년 전만 해도 연세에 비해 활발하게 활동하시고 그랬는데, 이웃들이 떠나고 얘기할 사람도 없이 마을이 너무 조용해지다 보니 아무것도 안 하고 집에 가만히 혼자 앉아 계세요. 저희 직원들이 왔다 갔다 하면 와서 커피 마셔라 그러시거든요? 그럼 들어가서 어르신들이 내주신 간식 조금 먹으면서 말벗해 드리고 와요. 어르신들 낙이 점점 없어지다 보니까 뵐 때마다 급속도로 많이 늙으셨다는 생각이 들어요.

++ 인터뷰 전에 백사마을을 다시 돌아봤는데, 골목 폭이 좁아서 문만 열면 자기 집에 의자 놓고 앉아서 마주 보고 얘기를 해도 되겠더라고요. 이웃 간 사이가 좋으셨을 것 같아요.
처음 입사했을 땐 연탄 가구도 많아서 막 뛰어다니면서 봉사활동을 했거든요. 지금은 대부분이 빠져나간 상황이니까 아무래도 더 반겨주세요. 그래서 어르신 한 분 한 분께 시간을 조금 더 할애해서 한마디라도 더 여쭤보려고 해요. 마을 어르신들 사랑방 역할을 할 수 있게 연탄 교회도 설립했어요. 공간이 크진 않지만 예배도 드리고, 코로나 전에는 같이 식사도 하고, 매주 수, 금 간식도 드셨고, 생일잔치도 소소하게 열었고요.

++ 장소의 특수성 때문에 목욕탕 운영이 조만간 안 될 수도 있잖아요. 그때를 대비한 계획은 세우셨나요?
구체적인 계획은 아직 없지만, 목욕탕이나 교회는 여기를 떠나 다른데 가서도 운영할 수 있는 여지는 늘 있어요. 저희가 에너지 취약 계층 어르신들을 지원하는 단체이다 보니 그런 지역이어야 하고, 우리 사무실도 이동할 수 있는 곳이어야 하지만요. 후원을 받아서 해야 하는 것들이라 시간은 걸리겠지만, 어디든 개원은 할 것 같아요.

╋╋ 직원분들이 계시긴 해도, 운영 성격상 자원봉사자나 후원자가 없다면 존립 자체가 힘들잖아요. 꾸준히 그런 분들이 있다는 것 자체도 감사하지만, 수행기관에서 주민들과 쌓은 믿음도 두터워 보여요.
어느 사회복지단체나 마찬가지겠지만 초반에는 너무너무 힘들었어요. 사회적인 이슈가 있을 때마다 후원금이 눈에 보이게 줄어들었고요. 저희는 후원받은 연탄을 어르신들께 봉사나 후원자 본인이 직접 전달하니까 '내가 후원한 게 이렇게 쓰이는구나.'라는 걸 실제로 확인하실 수 있는 거죠. 연탄 구들을 뚫을 수 없는 집엔 기름도 지원하는데, 후원받아 제공한 건 사진과 함께 어느 분께 전달했다는 것까지 저희가 다 결과 보고드리고 공개하니까, 신뢰가 더 쌓인 것 같아요.

╋╋ 세상엔 좋은 분들이 참 많이 계세요. 따뜻하네요. 정말.
저희끼리 매번 그래요. 자원봉사자분들 안 계셨으면 저희 어쩔 뻔했냐고. 꾸준히 해주시는 분들이 많으세요, 멀리서 사는 분들, 자제분과 함께 오는 분들도 많으시고, 명절이나 휴일에도, 현장에서 긴급하게 말씀드려도 다 도와주세요. 연탄 봉사는 진짜 힘들거든요. 어르신들께 한 장이라도 더 드리기 위해 자원봉사자들이 고생해 주시는 건데, 온 분들이 되려 너무 하고 싶으셨다고, 봉사하는 자체가 너무 행복하다고 하시니까 감사하죠. 예전부터 꾸준히 해 온 분들은 어르신이 타 준 커피 한 잔이 너무 그리워서 오세요. 진짜 너무 힘든데, 이 어르신한테 조금이라도 도움이 됐다는 걸 내 눈으로 보게 되니까 계속 오시는 거예요. 억지로 오셨다가도 '이래서 하는구나.', '연탄 봉사가 이런 거구나.'라는 걸 알고, 개별적으로 또 오시는 분들도 계시고요. 그렇게 계속 이어져 온 거죠.

✛ 동네 분들과 정이 많이 들어서 퇴사 후에도 인연을 놓기가 어려울 것 같아요.
봉사자들이 할 수 있는 일이 있고, 직원으로 숙련된 봉사자가 할 수 있는 일이 있거든요. 그래서 꾸준히 오세요. 어르신들한테 필요하고 도움을 드릴 수 있어서 뿌듯하고 재밌다고. 물론 힘은 들죠.

✛ 밥상공동체 연탄은행의 올해 계획이 궁금합니다.
연탄 봉사는 계속할 거고요. 연탄 가구 어르신들이 연세도 더 많이 드시고 이제 독거노인이 되셨어요. 부부가 같이 계시면 너무 다행인데, 자식도 같이 안 살고 돌봐줄 사람도 없는 상황이어서. '보듬이'라고, 독거노인 가정에서 일정 시간 움직임이 없거나 이상 징후가 나타날 때 알려주는 기계예요. 그 사업을 지금 준비하고 있고요, 최근에 마을 어르신들 대상 치매 예방 프로그램을 진행하고 있어요. 저희가 산하 시설에 복지관도 운영 중입니다. 원주에 종합사회복지관도 있고 또 올해 11월에 노인복지관도 개관합니다.

✛✛ 이곳을 찾을 분들에게, 사회복지사로서의 바람을 들려주시겠어요?

저는 노인복지를 전공했는데, 아무래도 복지관 내에서 할 수 있는 프로그램과 저희처럼 현장 업무 위주인 단체가 할 수 있는 프로그램의 차이가 커요. 현장 위주 업무가 많아 힘든 점도 많지만, 어르신들이 필요로 하는 걸 더 가까이서 보고 더 정확하게 알게 되는 장점은 있어요. 여전히 주변에는 도움이 필요한 분들이 많다는 걸 알아주셨으면 좋겠어요. 그분들을 공동체 일원으로 봐주시고, 관심 가져주시고, 말 한마디라도 따뜻하게 건네주시고, 찾아와 눈인사도 해주시고. 아주 소소하고 사소한 것들이 퍼져 나갈 수 있게 많은 분이 동참해 주셨으면 좋겠습니다. 그런 마음만 가지고 와주시면 너무 좋을 것 같아요.

2022. 7.
♨ 비타민목욕탕 | 서울연탄은행 문지희 주임

---

* 재개발 이슈로 비타민목욕탕은 2024년 8월까지 백사마을에서 운영됐다. 이후 밥상공동체 연탄은행 사무실과 함께 용산구 동자동 헌 건물로 이전했고, 건물 1층에서 비타민목욕탕이라는 이름으로 여전히 운영 중이다.

3장

그럼에도,
목욕탕

목욕탕,
변화의 기로에 서다

동네 목욕탕엔 더 이상 새로운 손님이 오지 않는다. 계절에 따른 반짝 특수는 있을지 몰라도, 지금 이대로라면 곧 덩그러니 남겨지는 건 예정된 미래다. 이 상황이 비단 목욕업에만 적용되는 건 아니겠지만, 그럼에도 목욕업계 상황이 더 특수하다고 말할 수 있는 건, 건축물의 구조적 특이성으로 용도 변경 신청을 한다 해도 대대적인 인테리어 공사 없인 바로 무언가를 새로 시작할 수 없다는 이유에서다. 폐업을 해도 수천만 원에 달하는 철거 비용을 부담하지 못해, 누군가의 도움이 닿기까진 대부분 건물이나 굴뚝은 유지할 수밖에 없다.

한참 기세가 좋았던 목욕탕이 폐업이나 전업을 고려하는 이유는 복합적이다. 운영자의 높은 연령과 체력적 한계, 물가 상승에 부응하지 못하는 영업 실적, 물려줄 자식이 없거나 그러고 싶지 않아서, 살림집과 영업장을 분리할 수 없어서, 재개발이나 기타 안팎의 원인으로 목욕탕은 사라지고 있다. 행정안전부에서 제공하는 로컬 데이터 통계에 따르면 2023년 11월 23일 기준 목욕탕·사우나·찜질방 등 목욕장업으로 등록되어 운영 중인 업소는 전체 17,413개소 중 전국 5,888개소(서울시 686개소). 코로나19가 국내에 확산된 2020년 1월부터 2023년 11월까지 전국 11,538개(서울 3,224개소) 목욕탕이 폐업했다. 목욕탕에 다녀와야 '잘 씻었다'고 느끼는 연령층과 그 추억에 공감하는 세대들은 건재하지만, 이제 목욕탕은 부정할 수 없는 사양산업의 일원이다.

상황이 그렇다고 손을 놓고만 있을 수는 없는 일. 여러 고민과 궁리 끝에 가장 현실적인 대안들을 찾아 목욕탕은 변신하고 있다. 그 결과, 대중목욕탕 대신 목욕탕의 기능과 장점에 에스테틱을 결합한 프라이빗 스파가 성업 중이고, 폐업한 목욕탕의 건축공간을 (베이커리)카페, 식당, 전시장, 문화공간 등으로 재탄생시켜 매체의 이목을 끌고 있는 곳들도 많다. 폐업 후 전반적인 인테리어를 마친 경우도 있지만 대개는 그 모습을 최대한 유지하려 애쓰며 장소성을 보존한다. 이러한 건축물이 늘어가면서 목욕탕을 본격적으로 경험하지 못한 세대에게는 겪어 보지 못한 문화에 대한 새로움을, 목욕탕이 익숙한 세대에게는 돌아갈 수 없는 시절에 대한 그리움을 선사하고 있다.

즐겨 찾던 공간이 사라지는 건 너무 아쉬운 일이다. 취재에 응해주신 목욕탕 업주들은 자신의 영업장이 아니더라도 목욕 문화를 보여줄 수 있는 목욕탕이 하나 정도는 박물관처럼 유지되면 좋겠다는 공통된 생각을 가지고 있었다. 나도 그 생각에 동의한다. 돈 들여 재현한 공간보다 일상의 사용감이 묻어있는 공간이 박물관이나 전시관으로 더 매력 있다고 생각한다. 그리고 꽤 멋진 서사도 창출할 수 있다. 사라지는 것보단 어떤 방식으로라도 그 흔적을 갖춘 채 곁에 있어 주는 것도 감사하긴 하지만, 그래도 그곳이 존재할 때 더 많이 찾아가고 아껴주면 더 오래 함께 할 수 있지 않을까.

행정안전부 로컬 데이터

https://www.localdata.kr/data/dataView.do?ctgryGbn=05&groupGbn=44&opnSvcId=11_44_01_P

'목욕의 신'을 위한 테마파크
허심청

몇 걸음마다 목욕탕 간판이 보이는 온천장에도
지역 대표 명물이 된 목욕탕이 있다.
'마음까지 비우고 가는 곳'이란 뜻의 허심청은
청년 세대 부산 토박이가 제일 처음 부모님과
손잡고 온 동네 목욕탕이다.

부산역에서 지하철로 30분이면 닿는 동래구 온천장은 목욕 애호가들의 성지다. 생각보다 지하철역 주변이 번화해 여기에 목욕탕이 있을까 싶지만, 역에 내려 온천장로를 따라 10여 분 천천히 걸어 들어가면 시야에 잡히는 크고 작은 목욕탕들에 의심은 이내 사라진다.

2021년에 개통된 온천장로는 중앙대로까지 이어지는 폭 18m, 길이 113m의 2차로로, 그 위에는 '지붕 없는 온천 거리 박물관' 조성 사업의 목적으로 설치된 다양한 조형물들이 있다. 그중 백학(白鶴) 전설 조형물은 지나치면 안 되는 동래 온천 대표 상징물로, '다리 다친 학이 온천수에 다리를 담근 후 완쾌된 것을 본 노파가 자신의 아픈 다리도 온천수로 치료했다.'는 내용이 전설의 주된 줄기다.

신라시대부터 왕족과 귀족들이 자주 찾았고, 조선시대와 근현대에 이르기까지 온천 관광 1번지로 그 온천수의 효험을 직접 체험하고 이용하고자 개발된 지역사의 시작을 보여준다.
그만큼 온천수에 대한 주민들의 자부심도 상당해
실외에도 누구나 온천수를 경험할 수 있는 노천 족
욕탕을 설치한 동네가 바로 온천장이다.

　　온천장에도 랜드마크는 있다. 조선시대 온정개건비와 수조가
있는 온정각, 1926년 부산 시내 전차가 온천장까지 연장 운행된 기
념으로 세워진 온천장 할아버지 상과 전차 종점 터와 같은 역사 유
적지부터 금강공원, 양탕장, 스파윤슬길 같은 현재의 자연 인문 유
적지도 많지만, 주민들과 방문객들에게 가장 유명한 곳은 허심청이
다. 1991년에 개관한 허심청은 '1,300여 평, 남녀 동시 3,000명 수
용, 40여 가지 효능별 욕탕' 등의 키워드로 설명되는 국내 최대 규모
목욕탕이다. 설립 당시엔 아시아 최대 규모로 팬데믹 기간에도 남탕
850개, 여탕 950개의 캐비닛이 꾸준히 사용됐고, 홍보하지 않아도
알음알음 찾아오는 손님들로 북적인다. 온천장에 있는 13개(2022년
6월 기준) 목욕업소 중 가장 오래된 곳은 아니지만 규모와 시설이 뛰
어나다 보니, 그 지명도는 과자와 라면 업계 1위를 다투는 모기업
농심 이름을 건 호텔보다 더 높다. 심지어 호텔 농심이 먼저 세워졌
음에도 인지도로는 비교 불가다.

　　허심청과 마주하고 있는 호텔 농심은 원래 1960년에 설립된 동
래관광호텔로, 1985년도에 농심에서 인수해서 운영했다. 동래관광

호텔 자리엔 온천장 개발과 붐의 상징이었던 개항기의 숙박 휴양 시설인 봉래관이 있었고 그 흔적도 일부 남아있다. 원래 나대지(임야)였던 자리에 허심청을 세운 건 온천욕을 즐겨 했던 창업주. 온천을 아주 좋아해서 '마음까지 비우고 가는 곳'이란 뜻의 허심청을 짓고, 허심청 로비 1층 분수대 안에는 '오신 모든 분의 건강과 행복과 소원이 이루어지게' 해주는 '허심상'을 세웠다. 생전에 자주 방문해 하나하나 신경을 썼다는데, 그 유지를 받들어 이후 진행한 몇 차례 리노베이션에도 허심청 내부는 대부분 개관 당시 상태를 유지하고 있다. 그래서 꽤 묘한 구석이 많다.

내부도 화려하다. 마치 마카오 고급 호텔이나 놀이동산에 들어 온 듯한데, 그도 그럴 것이, 그 당시 온천하면 일본이 가장 인정받던 때라 롯데월드 어드벤처를 디자인한 일본 건축사무소에 허심청 설계를 맡겼다고. 지하 주차장을 제외하고 총 5층 규모로, 이용하려면 먼저 내부 에스컬레이터를 타고 4층 안내데스크에서 키를 받아야 한다. 그 후 탈의실로 들어가 흡사 성벽처럼 늘어선 수백 개의 캐비닛을 지나 몇 개의 계단을 오르면, 확 트인 초대형 온천탕의 장엄한 자태에 "우와!" 하는 탄성이 낮게 줄지어 새어 나온다. 누리집을 통해 내부 사진을 봤음에도 '설마 이렇겠어? 사진이라 미화된 거겠지.'란 마음으로 그다지 큰 기대는 없었는데, 실제로 보면 '사진이 맞구나!' 하는 긍정의 끄덕임이 내내 이어진다.

옛 로마 스타일의 우아한 목욕탕을 연상케 하는 내부 욕탕은 돔 형식의 천장에서 내려오는 자연 채광과 만나 더 신비롭게 보이는데, 그래서인지 이곳은 최고의 목욕관리사가 되기 위한 때밀이 배틀이 인상적이었던 웹툰 『목욕의 신』의 주 배경으로도 등장해 인기를 끌었다. 연중무휴로 이 방대한 온천탕에 100% 자체 개발한 기공에서 끌어 올린 천연 온천수만을 공급한다는 것도 대단하지만, 그마저도 세분화해 장수탕, 철학탕, 장기탕, 소금탕, 회목탕, 동굴탕, 노천탕 등 40여 종의 효능별 욕탕을 뒀다. 계절에 따라 천연 입욕제와 한방 약재를 이용한 다양한 이벤트탕도 운영하니, 그야말로 목욕계의 테마파크. 단순히 분류만 해둔 게 아니라 주제탕 하나하나에 들인 공력이 역력히 보일 정도로 흠잡을 곳이 없다. 몸을 씻으러 갔다가 영감을 받아 나올 만하다고 하면 설명이 될까? 그만큼 좋은 경험을 선사한다.

게다가 찜질방과 유명 베이커리, 허심청 브로이, 식당가, N 카페 등 부대시설도 알차게 두어 개인, 가족, 관광객의 구미까지 맞췄으니, 동네 목욕탕에선 보기 힘들다던 학생과 남성 고객이 이곳에선 어렵지 않게 보이는 게 어쩌면 당연한 일인지도. 그래도 대기업의 지원이 아니면 현실적으로 불가능한 옵션을 갖췄다는 건 팩트. 일반 동네 목욕탕에서는 상상할 수 없는 인력과 비용으로 유지되는 곳이다.

그래도 이 혜택은 동네 주민들에게 그대로 전달된다. 허심청은 여느 목욕탕과 달리 고객 연령층이 굉장히 다양하고 젊다. 가족 단위 이용객도 많다. 으리으리한 겉면과 내부만 보면 관광지 같은 느낌인데, 국내외 관광객도 많이 찾아오지만 사용하는 분들 대부분은 주변 지역민. 청년 세대 부산 토박이에게도 허심청은 제일 처음 부모님과 손잡고 온 동네 목욕탕이다. 탕이 넓어 아이들이 튜브를 가지고 놀 수 있었다는 게 그 이유라고. 관광업이 주된 동네에 허심청이 있어 별다른 홍보 없이 온천장에 유입 인구가 는다는 건 큰 혜택이다. 또 지역민에게 온천권 기부도 꾸준히 하며 지역 사회에 보탬이 되고자 하는 것도 상생을 위한 노력 중 하나이다.

부산 역시 재개발로 목욕탕이 사라지고 있다. 새로 시작하려는 사람도 적어져 동네 목욕탕들은 점점 더 찾아보기 어렵다. 익숙한 공간이 사라진다는 건 내가 경험한 추억의 일부도 같이 사라지는 것 같아 마음이 저리다. 물론 좋은 수질과 시설의 편의성이 목욕탕을 찾는 전제 조건이겠지만, 그래도 주민들이 자주 이용을 하는 건 내 몸을 아끼는 마음과 더불어 이곳에서 쌓은 누군가와의 추억을 보존하고 싶어서라고 하면, 너무 낭만적일까.

프라이빗 고급 목욕탕
세신숍 스파헤움

예전에는 대중탕에서 온탕과 냉탕을 오가며
몸을 충분히 불린 후 때를 벗겨냈지만,
요즘은 피부 타입에 맞게
피부 자극을 최소화하는 방식을 취한다.
스파헤움은 여성 전용 세신숍으로
모든 여성이 가보고 싶은 공간으로
사랑받고 있다.

　　내가 가 본 목욕탕은 대부분 복수 층의 단독 건물 내에 자리했다. 방문객은 여탕 혹은 남탕 한 곳만 이용하니 전체 구조가 낯설겠지만, 예전 목욕탕은 물을 데우기 위한 보일러실과 여탕과 남탕, 새벽부터 쉼 없이 이뤄지는 업무를 처리하기 위한 살림집을 각각 다른 층에 두다 보니 단층 건물에선 목욕탕을 운영하기 힘들었다. 만약 단층이라면, 그 옆엔 별도의 살림집이 있거나 보일러를 놓을 별도 공간이 확보된 장소였을 것이다. 필요에 의해 몸집을 키운 동네 목욕탕은 위기 상황에 그만큼 크게 흔들릴 수밖에 없는데 단순히 몸집의 문제라기보단 한 명이 들어와도 영업을 위한 기본 세팅이 변함이 없다는 것도 목욕탕이 위기에 탄력적일 수 없는 이유 중 하나다. 그러다 보니 코로나19라는 파고를 넘지 못하고 침체기를 맞았는데, 비슷하지만 다른 형태로 성장한 곳도 있다.

스파헤움은 2021년에 영업을 시작한 여성 전용 1인 세신숍이다. 이곳에선 세신실과 파우더룸으로 구성된 1인 공간에서 목욕탕의 '세신' 서비스와 차별화된 '에스테틱' 서비스를 제공한다. 신체적 핸디캡이 있는 분들에게 '타인의 시선이 주는 스트레스에서 벗어나 편안하게 씻을 수 있는 공간'을 만들어 주고 싶다는 바람에서 시작된 사업이지만, 현재는 모든 여성이 가보고 싶은 공간으로 사랑받고 있다.

성공을 장담하기 어려운 시기에 새로운 시도를 한 당찬 대표님은 그 이력도 화려하다. 미국에서는 스파, 에스테틱과 관련된 일을 했고, 한국에서는 사우나와 찜질방 비즈니스를 한 어머니의 조기 교육도 마친 젊은 인재다. 고등학교와 대학을 해외에서 나와 어렸을 때 동네 목욕탕에 대해 이렇다 할 기억은 없지만, 관련 비즈니스를 한 어머니 덕에 서울 시내 웬만한 대형 규모 업장들은 다 가봤을 정도였다고. 그래도 때를 밀어 본 경험은 적겠지 싶었는데, 쉽게 상하는 피부였음에도 때 미는 걸 좋아해 단골 미용사 쫓아다니듯 차로 30분에서 1시간 이내라면 세신 이모를 쫓아다니며 때를 밀었다고 한다.

그 모든 경험을 바탕으로 개업한 스파헤움은 한 회 이용 요금이 일반 목욕탕 열 배 이상이어도 예약에 공백이 없다. 심지어 소문을 듣고 찾아온 남성들도 안 되는 줄 알면서도 혹시나 하는 마음으로 문을 두드린다.

가격만 놓고 봤을 때 스파헤움의 경쟁력은 낮다. 아무리 좋은 서비스라고 해도 일반 목욕비의 열 배 이상이면 자주 가긴 부담스럽다. 하지만 한 번 가 보면 충성 고객이 된다. 이유가 뭘까?

여러 이유 중 첫손에 꼽을 수 있는 건 바뀐 목욕 문화다. 목욕은 오늘날 씻는 행위를 넘어 피로를 푸는 휴식과 정서 안정을 위한 취미 활동이 되었다. 선택할 수 있는 입욕 방식도 다양해졌고 코로나19와 함께 오직 나와 가족만을 위한 사적인 공간에서의 세신도 새로운 유행으로 자리 잡았다. 스파헤움은 그 유행을 제대로 읽고, 올라탔다. 다 갖춰진 개별 공간에서 차분하고 조용히 즐길 수 있는 목욕과 기분 좋은 세신의 경험은 누구든 '귀한 사람'이라는 존중받는 기분을 느끼게 해준다. 투자한 만큼 만족감을 느낄 수 있기에 지역구가 아니어도 국내외에서 찾아오는 분들이 많다.

공간 인테리어도 한몫한다. 화이트와 골드를 주조색으로, 미술관이나 고급 호텔을 연상케 하는 공간 구성과 콘셉트는 앞으로 내가 받을 서비스에 대한 기대감을 높인다. 고급 목욕탕이지만 일반 사업자로 등록되어 목욕업의 혜택은 없지만, 유리문이 아닌 묵직한 톤의 고급스러운 불투명 문을 여는 그 찰나에도 특별함이 쏟아지는 듯하다. 같은 공간이지만 고객용과 직원 출입용 문을 별도로 둬 프라이빗하게 유지한 동선도 묘수다. 너무 모던해서 우리가 익숙하게 알고 있는 목욕탕 도구들이 없을 것 같지만, 고급 버전의 목욕대와 우리에게 익숙한 등 타월과 이태리타월도 있다.

핵심 경쟁력은 두말할 것 없이 베테랑 세신사의 기술과 천연재료로 직접 만든 에스테틱 재료다. 스파헤움은 고객의 피부 타입에 맞게 피부 자극을 최소화하며 최상의 서비스를 제공할 베테랑 세신사 여덟 명을 직원으로 두고 있다. 이곳에서는 세신사라는 호칭 대신 '세신 선생님'이라는 호칭을 쓴다. 30년 이상 세신을 해 온 분들이라 기술은 나무랄 데가 없지만, 처음엔 이전의 '노동'을 지금에 맞는 '서비스'로 바꿔 새로운 고객들에게 적용하기 위해 많은 시행착오를 겪어야 했다고. 호텔처럼 서비스 매뉴얼을 갖추고 끊임없이 교육을 진행하며 고객의 소리에 발 빠른 피드백으로 반응했기에 현재도 사업은 순항하고 있다.

이곳에선 때를 미는 것만큼 보습에도 많은 정성을 기울인다. 많은 분이 간과하는 부분이지만, 때를 민 후에 보습을 제대로 하지 않으면 속 건조가 심해진다. 여기서 사용하는 바디 워시, 효소 파우더, 클렌징, 수면팩, 진정팩, 로션 스킨 등은 대표님이 직접 만들어 제공하고, 고객 피붓결에 따라 농도도 조절해서 사용한다. 다 천연재료를 사용해서 만드는데, 짧게는 이틀에 한 번, 길게는 두 달에 한 번 만들어야 하는 것까지 있어 정말 힘든 작업이라고. 별도 구매를 원하는 고객에게도 팔지 못할 정도로 전량이 매장에서 사용되어, 이곳에 와야지만 사용할 수 있다는 점도 경쟁력을 높였다.

업력도 짧고 홍보도 적극적으로 하지 않은 것을 생각하면, 스파헤움의 성장은 오롯이 서비스의 경쟁력이 일궈낸 성과라고 볼 수 있다. 반응이 좋은 만큼 매출 상황도 좋지만, 서비스 품질을 위해 나가는 지출도 그만큼 크다. 양질의 서비스를 제공하고 유지하기 위해 강남에 자리를 잡았고, 일반 회사처럼 대표 아래 점장, 세신 팀장, 청소, 응대 인원을 별도로 두어 각자 맡은 바 일에만 집중하게 한다. 업력은 짧아도 공력은 깊은 대표님의 이 말이 참 인상적으로 남았다.

"세신은 목욕탕의 꽃입니다. 어떻게 다듬어졌느냐에 따라 달라지는 거죠."

그래도 목욕탕, 지금은 카페지만
학천탕, 카페 목간

학천탕은 각별한 의미를 지닌 목욕탕이다.
당대 걸출한 건축가의 설계로
한국에서 가장 예술적 가치를 지닌
특별한 동네 목욕탕이었다.
현재 카페 목간으로 거듭난 학천탕은
말끔한 주변 거리와 건물 속에서도
위풍당당한 기세에 첫 시선이 꽂힌다.
카페로 운영 중인 내부로 들어서면
옛 목욕탕 전경과 어우러진
감각적 공간이 별천지처럼 펼쳐진다.

사라져가는 것 중 안타까운 사연 하나 없는 것은 없다. 대를 이어 경영하는 경우가 많은 목욕탕은 선대의 사연에 후대의 사연도 덧대어진다. 내게 주어진 유산이 당대 최고 건축사가 죽기 몇 년 전 설계한 유작에 속한다면, 고생한 아내에 대한 미안함과 고마움을 담은 먼저 떠난 남편의 선물이라면, 더 이상 사람이 찾아오지 않는 목욕탕을 어떻게 유지해야 하느냐에 대한 후대의 시름은 깊어질 수밖에 없다. 바로 그런 사례가 청주 구도심, 젊은 기운이 넘치는 성안길에 있다.

청주에는 청주 목욕계를 대표하는 입지전적인 인물이 있다. 바로, 고 박학래(1923-2010)위원. 14세 때 제일목욕탕 종업원으로 시작해 그 목욕탕 주인이 되었고, 약수탕, 학천탕, 학천랜드를 운영하며 목욕업계 대부로 불렸다. 어느 정도 나이가 있는 동네 분들에겐 '청주에 사우나 문화를 도입한 분'으로 지금도 잘 알려진 명사다. 1956년 2, 3대 청주시의원과 1991년 5, 6대 도의원을 지냈고, 교통사고로 생을 마감했을 땐 시민장으로 장례를 치렀다. 그 이후 목욕탕은 가족들이 운영했지만 주변 상황이 여의치 않아졌고, 결국 약수탕만 목욕탕으로 남고 학천탕은 우여곡절 끝에 카페로 변신했다.

학천탕은 가족에게 각별한 의미를 지닌 목욕탕이다. 평생을 자신과 자식 뒷바라지로 헌신한 어머니에게 아버지가 준 환갑 기념 선물이고, 당대 최고의 건축가 김수근에게 설계를 맡긴, 한국에서 가장 예술적 가치를 지닌 동네 목욕탕이다. '학이 내려와 노니는 내천'이란 의미의 이름 '학천탕(鶴川湯)'은 아버지와 함께 설계를 의뢰하러 갔던 아들이 부모의 이름에서 한 글자씩 뽑아 지었다. 현재는 시간의 때가 쌓여 외관은 조금 낡았지만, 말끔한 주변 거리와 건물 속에서도 여전히 위풍당당한 기세에 첫 시선이 꽂힌다. 홀린 듯 발걸음을 옮겨 카페로 운영 중인 내부로 들어서면 옛 목욕탕 정경과 어우러진 감각적 공간이 별천지처럼 펼쳐진다. 청주시 중심가에서 약 30년간 동네 목욕탕으로 자리하면서 쌓인 이야기도 많지만, 카페 목간으로 거듭나기까지 축적된 이야기들로도 학천탕은 여전히 뜨겁다.

학천탕이 카페가 된 데에는 역설적으로 2021년 문을 닫은 서울 행화탕의 역할이 컸다. 1988년 문을 연 학천탕은 8층 규모로 1, 2층은 남탕, 3, 4층은 여탕, 5~8층은 귀빈 사우나(고급 목욕탕)로 운영된 당대 최대 규모의 목욕탕이었다. 청주에서 나름 잘한다는 사람들을 데리고 시공했지만, "이거 처음 보는데요."라는 말을 뱉는 사람이 부지기수일 정도로 설계는 새로웠고 시공은 까다로웠다. "정말 사람 잡았다."라고 회상할 만큼 현 대표인 아드님이 공간사에서 파견 나온 감리 직원과 근 2년을 함께하며 타일 하나, 소품 하나, 포장 하나까지 디테일에 많은 공을 들여 완공했다. 그런 건축물이 사업 실패로 경매에 나갔다 구사일생으로 다시 가족들에게 돌아온 건 불과 몇 해 전. 목욕탕으로는 더 이상 수익을 낼 수가 없어 고민이 깊어지던 어느 날, 신문에서 서울 행화탕을 만났다.

'목욕탕이 공연장이 되었다!'

1층에 있던 탕을 헐어 공연장을 만들었다는 기사는 무척 신선했고 변화의 실마리도 제공했다. 다만 공연장보다는 카페로 하는 게 훼손도 덜 되고 더 재밌을 것 같아 카페로 확정 지었다고 한다. 하지만 때를 벗기는 이미지가 강한 장소를 먹고 마시는 공간인 카페로 바꾸는 일은 쉽지 않았고, 폭 넓은 사례 공부는 기본, 내부를 꾸미는 데만 셀프 인테리어로 1년의 시간을 들인 후에야 학천탕 1, 2층이 카페 목간으로 변신할 수 있었다.

현재 카페 목간은 고 박학래 위원의 첫째 딸과 셋째 아들이 운영을 맡고 있다. 대외적으로 대표를 맡고 있는 박노석 님은 아버지와 함께 김수근 사무실을 찾아가 설계를 맡기고 이름을 지은 당사자다. 학천탕의 시작을 함께했고, 경매로 넘어갔다 되찾아 온 후 카페 목간이 된 지금도 학천탕과 함께하고 있다.

카페 목간이란 이름도 감각적인 내부 인테리어도 모두 그의 솜씨다. 성성한 백발을 지녔지만 누구보다 젊은 감각을 지닌 그에게 인테리어를 하면서 가장 마음에 든 부분을 물었더니 "욕조 공간을 많이 훼손하지 않은 것과 전반적인 구조에 맞춰서 내부 테이블을 라운드로 마무리한 것"이라고 대답한다. "카페에 있는 집기나 시설도 이 공간에 가장 잘 어울릴 수 있는 것으로 수소문해서 구했고, 기계를 사서 제가 직접 자르고 붙이고 꿰맸어요. 설치하면서 고민을 많이 하다 보니 어떤 땐 밤에 혼자 남아서 이렇게도 해보고 저렇게도 해보고 하면서 만든 결과물입니다. 작은 소품까지 하나하나 다요." 라는 말에 이곳에 대한 애정이 뚝뚝 떨어진다. 그 말에 신뢰가 가득 쌓일 만큼 카페 목간은 내가 본 목욕탕 카페 중 최고다.

손때가 정말 많이 묻은 곳이라 다른 사람 주긴 아까울 텐데 가업으로 물려줄 거냐는 질문에 아직 잘 모르겠다고 하신다. 가업을

잇는 것에 대한 책임감이 있던 자신의 세대와 다른 관심 분야를 지닌 지금의 자식 세대에게 같은 맥을 이어 가라는 건 어쩌면 동상이몽일지도. 그래서인지 자신이 운영하는 동안 좋은 재료 쓰고, 맛있고 친절하게 하고, 시원하고 쾌적하게 유지하는 데 집중할 거란 말이 더 현실적으로 다가왔다. 많은 이야기를 담은 학천탕을 조금씩 설명을 덧대어 의미 있는 공간으로 만들고 싶다는 그. 이색 공간에 와서 음료만 마시고 가는 게 아니라, 지역의 목욕 문화와 학천탕과 관련된 의미를, 찾아주는 분들께 하나하나 잘 전달하고 알려주는 곳이 되기 바라본다.

---

* 현재 학천탕 1, 2층은 카페 목간으로, 3층은 학천불고기로 운영 중이다. 가까운 미래에는 부티크 식 목욕탕도 오픈할 계획이다.

복합문화공간이 된 목욕탕
삼화탕, 코리아

상업용으로 지은 건축물도
누군가에게는 손때 가득한 집이다.
집은 사람을 닮는다.
여관, 목욕탕, 다이어트 단식원, 게스트 하우스,
복합문화공간 등 다채로운 빛깔을 낸 이곳도
주인의 정성을 듬뿍 흡수하며 변신을 거듭해 왔다.
그렇게 다져진 50여 년의 역사는
시간의 아우라로 멋지게 외관을 포장했고,
집 안 구석구석 어디서도 찾을 수 없는 보물들을 숨겨놓았다.
시간을 역행했다는 말로 폄하 받기 싫은,
하루하루가 새로운, '코리아'다.

삼청동 파출소에서 삼청공원 방향으로 조금 더 들어가면, 여유 없이 들어섰지만 울퉁불퉁하게 개성이 드러나는 지붕들 위로 곧게 솟은 굴뚝이 보인다. 붉은색의 20여 미터 남짓한 굴뚝에는 멀리서 봐도 한눈에 들어오는 '코리아'란 하얀색 글자가 적혀있다. 보이는 건 소소하지만, 그 굴뚝 위 하얀색 세 글자가 있어 삼화탕으로 시작해 코리아로 자리 잡은, 오래된 동네 목욕탕의 이야기를 꺼내볼 수 있다.

삼청동 삼화탕(三花湯)은 원래 여관 건물로 지어졌다. 1964년 신축 당시 건물주는 변호사로, 1968년부터 현 주인집이 이어받아 목욕탕과 여관 영업을 했다. 단골 주민도 많았지만, 청와대와 국무총리공관이 가까워 정계 관련 분들과 출입 기자들이 자주 애용했다. 남탕(83m²)과 여탕(116m²)에 각각 온탕과 냉탕, 건식 사우나가 있었고, 각 탕에 샤워기가 10여 개, 탈의실 겸 휴게실엔 사물함도 50여

개 갖춘 규모이다. 주변에 서너 개의 목욕탕이 있었지만 3교대로 일했을 만큼 성업했다. 삼화탕은 한국 제일의 목욕탕이 되자는 의미에서 '코리아'로 이름을 바꿨다. '코리아'라고 적힌 굴뚝을 자세히 보면, 이전 이름이 희미하게 보인다.

삼화탕도, 코리아도 당시엔 운영이 잘되었다. 그러다 목욕탕 이용객 수가 줄기 시작하자 2012년부터는 금, 토, 일 3일, 2014년쯤엔 주 1회 등 유동적으로 운영하다, 7년 전 목욕업을 완전히 접었다. 동네에 주민이 살지 않아 물값을 낼 수 없었고 어르신들만 남다 보니 사고가 빈번했다. 하지만 동네 사랑방인 목욕탕을 유지하는 것으로 어르신들에게 봉사하고 주변 경호원들 생각해서 애써 버텨봤지만, 결국 폐업 수순을 밟았다. 건물 규모도 위치도 좋은 편이라 건물을 팔았어도 꽤 잘 받았을 텐데, 그 대신 여러 변신을 꾀하며 지금의 모습을 유지하는 길을 택했다.

목욕탕의 첫 변신은 '코리아 다이어트 단식 센터'였다. 1984년도부터 가회동에서 하던 다이어트 사업을 1991년부터 이곳에서 이어갔는데, 단식원 계에서도 목욕탕 계에서도 탑이라고 할 만큼 운영이 잘 되었다. '다이어트는 코리아'라는 확고한 이미지를 심어주려 '코리아'로 이름을 정했을 정도로 당시 활동하는 연예인, 방송인들은 거의 다 이곳을 거쳐 갔고, 전국에 지점도 뒀다. 하지만 유행을 타던 사업이라 오래 가진 못했다. 그때 내 건 간판이 아직 게스트 하우스 입구에 여전히 걸려있고, 요가, 에어로빅, 댄싱을 가르친 1층 큰 방과 리셉션에 그때의 사진과 흔적이 남아있어 그 당시의 영화를 보여줄 뿐이다.

목욕탕의 두 번째 변신은 게스트 하우스였다. 2010년쯤 케이팝 인기에 힘입어 해외 관광객 수는 나날이 늘어갔고, 그에 부응하고자 한옥 게스트 하우스들이 많이 생겨났다. 그럼에도 관광객을 다 수용하지 못하자 여유 있게 방을 가지고 있던 코리아로 손님을 보내기 시작했다. 처음엔 잠만 재워주면 된다고 했지만, 사장님은 이 기회로 '목욕탕 낀 게스트 하우스'를 해보자는 계획을 세웠고, 수학여행 갔을 때 묵었던 숙소를 떠올리며 '레트로(retro)'를 콘셉트로 삼아 본격적으로 게스트 하우스를 운영했다. 다행히 당시 유행과 잘 맞아 수학여행 단체는 물론 엠티(MT), 오리엔테이션(OT), 동호회 단체도 이곳을 찾았고, 중국 관광객은 140명까지도 받았다고.

지금은 달라졌지만 원래 1층은 목욕탕, 2층과 3층은 여관, 4층은 주택으로 사용했다. 남탕은 리모델링해 용도 변경되었지만, 여탕은 현재도 사용 중이라 시설이 대부분 그대로 남아있다. 단지, 설비를 다 떼서 가정용 온수를 받아 샤워만 가능하다. 목욕탕 운영을 접고 게스트 하우스를 하면서 다양한 인원을 수용할 수 있게 공간을 조정했다. 옛날 집이라 층층이 계단으로 이동해야 하고 화장실 겸 샤워장이 불편할 수는 있지만, 청와대, 북촌, 인왕산, 남산 등의 경치가 좋다. 마치 드라마 〈응답하라〉 세트에 들어 온 듯 그 당시 가정집의 모습을 층마다 잘 간직하고 있다. 그런 분위기를 좋아하는 개인, 가족, 워크숍 단체, 결혼식 뒤풀이, 칠순 잔치와 같은 행사장으로도 살뜰하게 쓰였다. 또, 이 시대의 모습을 담고 싶은 드라마나 예능, 뮤직비디오에도 자주 등장하면서 촬영장으로도 사랑받았다.

그렇게 사스, 메르스 때도 유지되던 코리아였지만, 코로나19 는 달랐다. 그나마 자가라 버티는 게 가능했을 뿐 어려움은 사라지 지 않았다. 코로나19는 여행 및 여가 산업의 체질을 바꿔 놓았다. 반전의 반전을 거듭하며 유지해 온 코리아도 또 다른 선택이 필요했 다. 복합문화공간 운영을 꿈꿨던 현 대표님은, '시니어는 소중해'라 는 50, 60대 문화 프로그램을 기획하는 ㈜로쉬 코리아와의 협업으 로 문화 사업을 시작했다. 리모델링을 마친 남탕 공간을 전시실 겸 교실 공간으로 제공함으로써, 새로운 문화가 골목 안까지 스며들게 했다. 지금도 젊은 기획자들과 협업을 이어가며 시너지 효과를 만들 어 내는 중이다.

다른 그림을 더 그리고 싶은데, 공들인 노력에 비해서 대가가 없어 아직 고민이 깊다. 그래도 여전히 '이곳이 거점 공간이 되어 지 역을 살리는 역할을 했으면 좋겠다'는 꿈을 실천하고 계시다. '재미 있는 공간으로 만들어서 북촌에 이런 게 있다는 걸 더 알려주고 싶 은 마음'으로 문화 협업과 게스트 하우스 운영도 하고 있고, 이곳을 통해 주변 상권이 활성화되는, 소박하지만 밝게 빛나는 꿈을 현실 에서 차근차근 이루고 있다.

4장

수고했어,
목욕탕!

목욕탕,
뜨거운 김이 사라지다

　　동네 목욕탕은 특별한 공간이었다. 원형 중앙에서 세 가닥 수증기가 피어 오르는 픽토그램(pictogram)은 전 국민에게 목욕탕을 상징하는 보편화된 언어였고, 붉은 글씨로 힘차게 써넣은 '목욕합니다'란 입간판은 '이곳에선 누구나 목욕이 가능하다'라는 전국 공통의 사인물이었다. 새해, 새 학기, 첫 출근, 명절은 가족이 함께 목욕탕을 찾는 합당한 이유였고, 몸이 찌뿌둥하거나 머릿속이 복잡할 때도 목욕탕은 효과 좋은 플라세보였다. 만병통치약은 아니었지만 다녀오면 신체와 정신이 깨끗하고 맑아졌기에 집으로 돌아가는 발걸음은 늘 가벼웠다. '동네 사랑방'이란 애칭이 붙을 만큼 몸과 마음을 내보이며 허심탄회하게 이야기를 나눴던 곳이었기에, 동네마다 있던 목욕탕은 가까운 이웃과 다르지 않았다.

　　그렇게 사랑받았던 동네 목욕탕이 서서히 때론 급작스럽게 소리 소문 없이 사라지고 있다. 목욕탕은 버스나 지하철을 타야 갈 수 있는 곳이 되었고, 목욕탕이 사라진 자리엔 목욕탕과는 관계없는 매장이 들어섰다. 운이 좋은 경우 원래의 형태와 내부 구조를 회상할 수 있는 단서들을 남겼지만, 유형의 흔적 대신 '개인의 기억과 추억'이라는 무형의 유산만 남긴 경우들이 부지기수다. '샤워'라는 단어가 '목욕'보다 가깝고 '대중탕'이라는 개념이 멀어진 오늘날의 변화는 발전과 변화에 따른 빛과 그림자이니 콕 짚어 뭐라 탓할 순 없지만, 같은 공간에서 여러 세대 간 이어져 온 목욕 문화가 공간과 함께 물거품처럼 사라지는 것 같아 애석한 마음이 앞선다.

그래도 동네 목욕탕은 여전히 존재하고 있다. 이런저런 이유로 동네 목욕탕을 찾는 이용객이 줄고, 그만큼 목욕탕이 사라졌어도, 이곳을 찾을 잠정 고객은 아직 많다. 굳이 목욕탕이 아니어도 씻을 수 있는 시대에 목욕탕을 찾는 건 남다른 애정이고 오랜 습관이다. 그런 까닭에 예전만큼은 아니어도 동네 목욕탕의 목욕 문화가 급작스럽게 사라질 거라 생각하진 않는다.

하지만 새로 연 목욕탕을 찾을 수가 없다. 지금 있는 동네 목욕탕이 문을 닫으면 다른 형태의 목욕탕이 생기기보단 목욕탕 건축물만 유지된 매장이 들어서거나, 전혀 다른 건물이 들어설 가능성이 높다. 건축물 하나 다른 건축물로 대체되는 게 뭐가 대수인가 싶겠지만, 생각해 보면 가족·친구와 함께 한 일상 공간이자, 숱하게 시간을 보낸 내 기억이 담긴 공간이 사라지는 셈이다.

어떤 대상이든 시간이 쌓여 만들어진 애착은 떨어내기 싫지 않다. 세신 기능이 사라진 목욕탕을 그 이름 그대로, 그 건축물 그대로 남겨 사용하는 것도 오랜 시간을 버텨 온 건축물에 대한 애착이다. 아껴 지녔던 사물도 잃어버리고 나면 한동안 울적한 마음이 드는데, 나와 가족의 기억과 추억이 담긴 목욕탕의 부재 역시 내내 서글퍼지지 않을까. 아직 동네 목욕탕이 건재하다면, 지금보다 좀 더 자주 찾아 이용하며 서서히 목욕탕과의 이별을 준비해 보는 건 어떨까. 내 등을 밀어주던 사람과 찾아 이젠 내가 등을 밀어주며, '그동안 잘 살았다, 잘 견뎠다' 손끝으로 토닥토닥 해주면, 함께 한 이도, 동네 목욕탕도 덜 아쉽지 않을까.

* 다음 장의 그림들은 자료를 참고하여 옛 모습으로 그렸다.

드라마틱한 삶을 살다 간
마포구 아현동 행화탕

1958년 서울 마포구 아현동에 등장한 행화탕.
문을 닫았다가 복합문화공간으로 재탄생했지만,
결국 마포 지역 재개발로 2021년 5월 문을 닫았다.

花様年華 동네목욕탕

1958년 지어져 50년간 운영되다 2008년 폐업한 행화탕. 왕관 블록을 쌓은 듯한 네모진 외관 뒤엔 행화탕의 숨구멍이 살짝 솟아 있었다. 재개발과 사우나, 찜질방 등 유사 업종의 성장에 따른 손님 감소로 폐업 후 창고, 고물상 등으로 사용되다 한동안 쓰임을 잃어버린 목욕탕은, 2016년 복합문화공간으로 재탄생해 2021년 문을 닫을 때까지 짧고 굵게 또 다른 삶을 살아냈다. 63세의 행화탕에게 묘비명을 선물한다면, '젊은 날엔 뚝심으로, 노년엔 아름답게 퇴장했다'라고 적어주고 싶다.

행화탕은 꽤 괜찮은 위치를 점하고 있었다. 큰 도로와 지하역과 가깝지만, 건립 당시엔 지하철도 고층 아파트도 없었으니 낮은 지붕의 집들이 가득한 그 어딘가에 행화탕이 자리 잡았을 거다. 그 사이 주변은 변화해 빌딩 병풍을 둘렀고, 누군가 들어서 옮겨 놓은 듯 혼자 세월을 거슬러 덩그러니 남아있는 목욕탕을 보면, 누가 시키지 않아도 '버틴 것 자체가 대단한 일이었네, 애썼다'라며 온기 가득한 눈빛으로 토닥토닥 쓰담쓰담 하게 된다.

행화탕은 여느 목욕탕과 달랐다. 무엇보다 문화예술 애호가들의 사랑을 많이 받았다. 〈예술로 목욕합니다〉라는 표어로 '마음의 때를 미는 예술 공간'으로 운영한 문화예술콘텐츠랩 '축제행성'(서상혁 크리에이티브 디렉터)이 2016년부터 운영을 하지 않았다면, 행화탕을 지금만큼 기억하진 못했을 것이다. 목욕탕을 실제로 사용해 본 사람보다 독특한 콘셉트와 예술 프로그램, 유명 예능 프로그램 촬영지로 알려진 핫 플레이스로 알고 온 사람이 더 많았겠지만, 그런 관심이 매체를 타고 보도되며 전업을 고려 중이었던 전국 목욕탕 업주에게, 젊은 세대들에게 옛 공간을 재활용하는 하나의 좋은 사례가 된 것도 사실이다. 그렇게 우리 곁에 있던 행화탕은 재개발이라는 난제를 풀지 못하고, 2021년 5월 20일 목요일부터 22일 토요일 오전 10시부터 오후 10시까지 삼일간의 '행화 장례'를 끝으로, 2021년 5월 24일, 숨을 거뒀다.

1967년 문을 연 원삼탕은 팬데믹 시국을 견디며 버텨왔지만,
결국 2022년 4월 문을 닫았다.

1966년에 시작해 2022년 4월 문을 닫을 때까지, 원삼탕은 이 일대 터줏대감이었다. 2013년 서울미래유산으로 등록될 만큼 보존 가치도 충분했고 기능적 역할도 잘 수행했지만, 결국 영업 부진과 종사원의 고령화로 더 이상의 영업이 불가능해졌다. 원삼탕의 폐업 소식은 충격이 오래갔다. 그도 그럴 것이, 서울에서 몇 안 남은 역사 깊은 동네 목욕탕이었고, TV 예능 프로그램 〈무한도전〉이나 드라마 〈응답하라 1994〉 등의 촬영지로 등장해 명물이 되었고, '서울미래유산'이란 타이틀도 갖고 있는, 그야말로 잘 나가는 목욕탕이었으니까. 취재를 위해 찾았을 땐 이미 폐업 후였고, 유리문에 붙은 하얀 종이 위 내려진 철 셔터 사이로 마주한 글을 읽으며 이별을 확신하게 됐다.

[안내 말씀]

코로나로 인한 영업 부진과 종사원들의 고령화로

더 이상 영업이 불가능하여 부득이 4월 말경 폐업하고자 합니다.

* 4월 26일 (화)까지 영업

그동안 이용해 주신 고객님들 정말 감사했습니다.

고정으로 오시는 고객님들께는 정말 죄송합니다.

그 정 잊지 않고 언제나 감사한 마음 간직하겠습니다.

* 바구니 등 사물은 기한 내 정리해 주시기 바랍니다.

010-××××-××××(×××)

원삼탕은 개업 당시 최신식 설비를 갖춰 한때 '새마을목욕탕'이라 불렸다. 비교적 좋은 상권에 위치해 영업도 꽤 순조로웠고, 한 차례 리모델링을 했지만 동네 목욕탕의 원형도 잘 간직해 손님들의 동심과 향수도 자극했다. 연이은 악

재에도 그나마 버틸 수 있었던 건 오랜 업력에서 쌓인 단골의 힘이었다고.

"3층짜리 건물을 35년 전 인수해 1층과 2층은 목욕탕으로 운영 중이고, 3층은 거주용으로 사용하고 있다."며 "매달 나가는 임대료 지출이 없다 보니 매출이 반토막이 나도 버틸 수 있는 것"(조선일보, 2021. 3. 18. '50년 버틴 목욕탕도 코로나로 매출 '반토막'… 하루 10만 원 벌 때도' 기사 참고)이라고 인터뷰를 했던 3대 업주는, 그다음 해 "폐업하는 날 탕 물을 빼면서 50년 넘게 일한 세신사랑 주저앉아 손붙잡고 펑펑 울었다.", "나이도 들었고, 이래저래 들어가는 돈도 다락같이 올라 더는 버티기 어려웠다."(중앙일보, 2022 .12. 29. '〈무한도전〉 명소도 못버티고 눈물 펑펑… 목욕탕이 사라진다' 기사 참고)며 원삼탕의 퇴장을 알렸다.

폐업을 선언한 후에도 원삼탕은 가끔 뉴스에 등장하고 있다. 철거비만 1억 원 이상 들어 폐업 신고조차 못하고 휴업을 하거나 문을 닫은 목욕탕이 많아서, 원삼탕도, 예외가 아니라서.

목욕탕에서 갤러리로, 여전히 북촌 명물
종로구 계동 중앙탕

1969년 대중목욕탕으로 문을 연 중앙탕은 하루 평균 200~300명의
손님이 올 정도로 성황을 이루었다. 하지만 대형 목욕탕의 증가와
상권의 변화로 결국 2014년 11월 문을 닫았다.

중앙탕(1969~2014)은 계동길 끝에 있는 중앙고등학교 축구부·야구부· 샤워 시설로 1959년 등장했다. 학교 내 샤워실이 생기면서 민간에서 인수했고, 1969년 대중목욕탕인 중앙탕이 되었다. 1970~1980년대엔 하루 평균 200~300명의 손님이 찾아올 정도로 성황을 이루었는데, 그중엔 전직 대통령이나 대기업 회장, 연예인 등 유명 인사들도 다수였다고. 하지만 2000년대 들어 대형 목욕탕들이 생겨나고 북촌 상권이 크게 변하면서 일평균 손님이 급감한 데다 고물가도 겹쳐, 결국 경영난으로 2014년 11월 16일 폐업했다.

중앙탕은 세계적인 작가 백희나의 베스트셀러 『장수탕 선녀님』(책읽는곰, 2012)의 배경지이지만, 그보다는 2015년도부터 '남겨진 것과 새로운 것의 공존'이란 콘셉트로 시도된 안경 브랜드 젠틀 몬스터의 쇼룸으로 사용된 이력을 기억하는 사람들이 훨씬 많다. 이 역시 건물 노후화로 인한 유지보수의 어려움과 안전상의 문제로 2019년 말 폐업했지만, 이후 목욕탕을 전시장으로 사용하게 되는 중요한 계기를 만들었다. 그 최초 사례가 되었던 중앙탕도 2022년 3월부터 현재, 후지시로 세이지 북촌 스페이스로 운영 중이다.

지금도 목욕탕의 흔적은 몇몇 남아있다. 외관은 좀 정리됐지만 규모가 줄어들진 않았고, 옥상에 오르면 비교적 아담한 굴뚝과 함께 한옥 지붕들도 내려볼 수 있다. 내부가 좀 많이 바뀌긴 했지만 그래도 보일러실과 바가지탕, 벽과 기둥, 타일 등의 흔적으로 이곳이 어떤 곳이었는지는 충분히 상상해 볼 수 있다. 관람엔 입장료가 필요하지만, 전시를 볼 수 있고 음료 한 잔도 포함되어 있어 천천히 음미하며 과거와 현재가 공존하는 공간이 주는 여유를 즐겨볼 수 있다.

동대문구 장안동 청호탕

힙한 감성으로 채운 아담한 쇼핑 센터

1983년 문을 연 청호탕은 2018년 문을 닫았다.
지금 이곳에는 카페, 패션 잡화 쇼핑의 듀펠센터가 자리하지만
건물 위로 우뚝 솟은 벽돌 굴뚝은 "여기 목욕탕이 있었어"라고 외친다.

굴뚝이 없었다면, 외벽에 타일이 없었다면 본체가 목욕탕이었다고 알아채기 쉽지 않았을 정도로, 청호탕(1983~2018)은 대폭 바뀌었다. 주택 밀집 지역의 동네 목욕탕 청호탕은 이제 식음료와 패션 잡화를 판매하는 10여 개의 매장이 들어선, 세상에서 가장 작은 쇼핑센터인 '듀펠 센터(2019~)'의 삶을 살고 있다. 디자이너 안태옥이 구상부터 오픈까지 꼬박 1년을 투자해 여탕이었던 1층은 경계 없는 카페와 식당으로, 남탕이었던 2층은 편집숍들로, 청호탕 주인이 살던 3층도 다양한 매장으로 바꿔 놓았다. 디자이너의 감각이 머문 공간엔 힙한 것을 즐기는 젊은 세대들이 찾아들고 있다.

아쉽게도 청호탕에 대한 기록은 거의 없다. 2017년 발행된 도시재생 계간 소식지 『장한 사람들』 창간 봄호에 인터뷰가 실려있어 그나마 어떤 곳이었는지를 생각해 보게 된다. 청호탕 업주 인터뷰 내용 중 "카운터에 사람이 없어도 손님들이 돈을 스스로 내고 가신다. 하도 익숙하다 보니 그렇게 하시는 것 같은데 처음에는 돈을 세보았는데 항상 금액이 맞으니 나중에는 신경 안 쓰게 되더라. 우리 목욕탕만의 문화가 된 것 같다."란 내용으로 미뤄보아, '오랜 믿음이 쌓인 꽤 사랑받은 목욕탕'이었겠다는 생각이 들었다.

인터뷰 마지막은 이렇게 맺었다. "어려운 고비가 왔을 때 인내를 갖고 포기하지 않았으면 좋겠다. 자부심을 갖고 꾸준히 하다 보면 좋은 때도 온다고 생각한다. 그러다 보면 여유가 생겨서 다른 것도 볼 수 있게 되더라. 고비를 넘길 때까지 인내하였으면 좋겠다." 어떤 사연이었는지는 모르겠지만, 결국 30여 년 이력의 청호탕도 1년 후 폐업했다.

1973년에 지어진 부강탕은 마을버스 정류장 이름이 '부강탕'일 정도로
동네의 랜드마크였다. 하지만 코로나19의 벽을 넘지 못하고
폐업한 뒤 복합문화공간으로 리모델링되었다.

부강탕(1973~2020)은 시내버스가 다니는 큰 길가를 비켜 들어가 마을버스가 다니는 도로 위 나란히 선 건물 사이에 있다. 마을버스 정류장 이름이 '부강탕'일 정도로, 그때도 지금도 동네 랜드마크다. 부강탕도 코로나19의 벽을 넘지 못하고 유야무야 상태로 있다가 새 주인을 만나 2022년부터 부강탕 베이커리로 변신했다. 동네 목욕탕이 폐업 후 카페나 문화공간으로 재탄생한 사례는 제법 많지만, 대부분 환골탈태를 택하고 느낌만 주는 경우가 많다. 반면 부강탕은 집중과 선택을 통해 예전 공간과 부속물의 쓰임을 알 수 있을 정도로, 다르면서도 익숙하게 바뀌었다.

부강탕을 인수한 유명 브런치 레스토랑 더플라잉팬은 차별화된 다른 지점들과도 차별화하여 부강탕이 쌓은 40여 년의 가치를 '우아하게' 살렸다. 부강탕의 외관과 이름을 그대로 유지했고, 포인트가 될 만한 옛 장치들도 과감하게 살렸다. 사방을 두른 목욕탕의 타일 벽 대신 통창을 내어 어디에 앉아도 빛이 들어오는 아늑한 공간을 연출했고, 좋은 질감의 재료와 소품을 더해 모든 각도에서 봐도 빈틈없이 예쁠 수 있게 좋은 것만 얹었다. 그래도 그 바탕엔 부강탕이 있다는 걸 잊지 않게 곳곳에 그 흔적을 보기 좋게 흩뿌려놨다.

부강탕의 리모델링 및 인테리어는 현재 운영을 맡고 있는 더플라잉팬 배재현 공동 대표가 직접 했다고 한다. 부강탕의 창고로 쓰인 지하층은 빵을 굽고 음식을 준비하는 주방 공간으로, 매표소와 여탕이 있던 1층을 베이커리 카페로, 남탕이었던 2층은 브런치 식당으로 바꿨고, 주거 공간이었던 3층도 그 느낌을 살린 갤러리 공간으로 준비 중이다. 입구에서 카페로 진입하는 그 몇 발짝의 스침 공간엔 '에스떼(Aeste)'란 작은 꽃집이 들어섰고, 목욕탕의 상징물인 굴뚝이 전 층의 환기구로 활용되고 있다. 눈 닿는 곳마다 40여 년간 이곳에 멋을 더한 다양한 디자이너들의 손길도 남아있다. 현재 이곳은 꽤 많은 매체에 노출되며 핫플레이스로 자리 잡았다. 앞으로도 좋은 것만 더해지길 바란다.

에필로그

다시 한번,
동네 목욕탕

　서울엔 동네마다 목욕탕이 있었다. 하지만 그것도 옛말, 이젠 버스나 지하철을 타야 갈 수 있는 곳이 되었다. 사라진 목욕탕 자리엔 주거시설, 전시장, 쇼핑센터, 카페 등이 들어섰다. 목욕탕 내 일부 시설이 인테리어로 보존돼 이전 장소에 대한 기억을 꺼내볼 수 있는 곳도 있지만, 대부분은 티끌만큼의 여지도 없이 '무(無)'의 상태로 돌아갔다.

　그럼에도 목욕탕은, 나와 내 윗세대에겐 한 해의 시작과 끝은 물론이고, 중요한 일, 좋은 날을 앞두고 '가야 하는 곳'이란 의미를 여전히 지닌다. '매일 샤워하는 시대에 굳이?'라고 생각할 수 있지만, 묵은때를 벗겨내고 인생의 고단함을 따뜻한 물로 희석한 후 가벼워진 자신을 만나는 쾌감은, 오직 경험해 본 사람만 안다. 동일한 영화 콘텐츠를 다양한 매체로 집에서 즐길 순 있지만 그럼에도 영화관을 찾는 이유랄까?

동네 목욕탕은 여전히 대중이 사용하는 주요 공중 시설이고 취약 계층을 위한 필수 시설이며 유사시에 끌어다 쓸 물을 제공할 저장고이다. 예전 동네 목욕탕은 '동네 사랑방' 역할도 했지만, 사회 인식이 크게 바뀐 지금 그 모습을 기대하긴 어렵다. 내게 동네 목욕탕은, 허물없이 가깝지 않으면 절대 누군가와 함께 가지 못할 장소이자 함께 간 사람과 가장 친밀해지는 장소이다. SNS로 서로의 일상을 시시각각 공유해도 디지털로는 전달할 수 없는 체온을 나누고, 어떤 것도 덧대거나 포장하지 않은 현재의 그 사람을 만나는 곳이다. 그 대상이 가족일 수도, 친구일 수도, 동료일 수도 있겠지만, 중요한 건 동네 목욕탕에서 맺은 인연은 어떤 이유로든 쉽게 잊히지 않는다.

이 책의 독자 중엔 동네 목욕탕을 경험해 보지 못한 분도 계실 거다. 동네 목욕탕에 다녔던 독자 중에도 그 지난 기억이 다 좋았을 것으로 생각하진 않는다. 하지만 분명한 건, 현재 내 곁에 동네 목욕탕을 함께 가고 싶은 누군가가 있다면, 등을 밀어줄 누군가가 있다면, 지금이 바로 자신의 화양연화라고 말해주고 싶다.

동네 목욕탕이 존재하는 그날까지 좋은 사람과 내밀한 추억을 많이 쌓길 바란다, 동네 목욕탕에서.

부록　우리가 바라는 목욕탕

목욕탕을 위한 제언

"옛날 것도 챙겨가면서 자연스럽게 변화했으면 좋겠어."

목욕탕 취재를 다니던 중 인터뷰에 응해주신 한 어르신의 말씀이다. 취재를 마치면서, 백세 시대에 아직 그 중반도 이르지 못한 나 역시 사회 변화 속도가 '눈 깜박할 사이'라는 걸 체감하고 있었고, 일정 나이대가 지나면 사회 구성원에서 자연 도태된다는 게 어떤 기분인지도 인지하고 있었다는 걸 알게 됐다. 같은 시대를 공존한 사람과 산물이 동일시되다 보니 어느 시기에 이르면 애정 어렸던 대상도 이후엔 '낡았다'는 평가를 피해갈 수 없게 된다. 그래서 "옛날 것도 챙겨가면서 자연스럽게 변화했으면 좋겠다."는 말이 어떤 말보다 더 마음에 남는다.

그래서, 어떻게?

새로운 이용객을 원한다면 목욕탕도 그들에 맞게 변화해야 하고, 변화를 하려면 먼저 목욕탕을 이용하는 사람들이 왜 오지 않는지, 어떤 것을 불편해하는지를 알아야 한다. 이에 목욕탕을 위한 몇 가지 제언을 해본다.

꽉 막힌 한정된 공간이다

목욕탕은 보통 유리창 하나 없이 사방이 하얀색 타일로 덮여있다.
개인 샤워기가 있는 자리도 충분치 않고 앞뒤로, 옆으로 여유 간격 없이 붙은 경우가 많
아 앉아서 씻기도 불편하다. 특히 아이를 동반한 경우에는 그 불편함이 두 배.
예전에는 목욕탕에 가는 게 필수였지만, 다양한 선택지가 많아진 지금,
오는 사람이 쾌적하고 만족스럽게 이용할 수 있는 환경 조성이 필요하다.

이런 건 어떨까?

쾌적한 분위기의 예약제 시스템

똑같이 돈을 내고 들어가서 불편함을 감수하고 싶은 이용객은 없다.
이용객 입장에서 적절한 수용인원은 개인 샤워기가 있는 좌석 수 + 세 명 이내이다.
예약제를 활용하면 더 쾌적하게 이용할 수 있고, 예약 간격을 줄여두면 크게 영향을 받
진 않는 대신, 탕 안 인원을 어느 정도 조절하는 효과를 얻을 수 있다.
목욕탕 안에 미니 정원을 만들거나 벽에 그림을 그려 넣어 분위기도
좀 더 산뜻하게 바꾸면 쾌적하게 목욕탕을 이용할 수 있지 않을까?

지금 목욕탕은?

아이들과 어르신에게 불편한 공간이다

목욕탕엔 위험 요소가 많다. 타일 마감인데다 샴푸, 비누, 오일에서 나오는 거품으로 미
끄러지기 쉽다. 욕조의 계단이나 도구 등 부딪히거나 걸려 넘어질 요소도 많다.
목욕탕 시설의 기본 세팅은 성인에 맞춰져 있다. 그래서 특히 아이를 동반한
엄마들은 더 힘들다. 아이들에게 적당한 수위의 온탕도, 욕조도 따로 없다. 엄마가
씻을 동안 아이들이 있을 곳도 없으니 이래저래 서로 지친다.

이런 건 어떨까?

가족 이용객에게 편리한 시설과 서비스

목욕탕에선 보기 힘든 가족 이용객이 대형 스파나 테마 온천에선 자주 보인다.
왜? 모두가 편하니까. 네모진 욕조 형태보다는 곡선을, 낮은 수도꼭지보다는
남녀노소 평균 신장에 맞춘 다양한 수도꼭지를, 수위가 깊은 탕과 함께 낮은 탕을,
아이들 욕조와 물놀이 장난감, 아이용 비누를 준비해 대여한다면 어떨까?

지금 목욕탕은?

사물함, 탈의실, 휴게실이 올인원(ALL-IN-ONE)

대부분의 사물함이 좁고 길다. 요즘은 배낭이나 캐리어도 일상적으로 사용하는데,
그 크기를 감당하기 힘들다. 짐은 무조건 다른 곳에 놓고 가야 한다.
탈의와 휴게 공간은 대부분 하나라서 앞 사람의 용무가 끝날 때까지 서서
기다려야 한다. 그것도 나체로! 게다가 그 모든 과정은 통 거울로 비춰진다.
좁은 평상 외에는 어디서도 앉을 수 있는 의자를 찾기 힘들다.

이런 건 어떨까?

필요한 물건만 갖춘 공간, 프라이버시를 존중하는 동선

오래된 목욕탕들은 대개 좁은 공간에 설비가 많다. 목욕과 직접적으로
상관이 없는 물건들은 처분하거나 다른 여유 공간에 두는 게 좋다.
사물함의 배치를 바꾸거나 크기를 다양화하여 개인별 때수건 사물함이나
젖은 비누, 큰 가방 등을 놓을 수 있는 공간을 두는 것도 도움이 된다.

공공 예절을 지키지 않는 사람들

요즘에도 공공장소에서 공중 예절을 지키지 않는 사람들을 만난다.
물을 계속 틀어두거나 물을 펑펑 쓰는 사람, 몸을 씻지 않거나 비눗물을
제대로 헹구지 않은 채로 탕에 들어가는 사람, 냄새나고 기름 성분이 많은 재료로
피부 마사지하는 사람, 옆 사람에게 물을 과하게 튀기는 사람,
큰 소리로 떠드는 사람, 심지어 빨래하는 사람들까지 모두 민폐다.

목욕탕 흰 벽을 활용한 메시지 전달

다행히 목욕탕엔 흰 벽이 많다. 매시 순찰을 돌 순 없으니, 목욕 순서나 목욕탕 예절을
벽에 붙여 둔다면 오가며 보면서 더 주의하게 되고, 누군가 말을 하기도 더 편하다.
대부분 이런 주의 문구는 탈의실 쪽에 설치되지만 물건이 많고 유동 인구가 많아
눈에 잘 들어오지 않는다. 목욕탕 이용 수칙을 예쁜 글씨와 픽토그램으로
만들어 붙이면 장식 효과도 있고, 눈에 보이니 엄한 시비가 붙을 이유도 없으며,
아이들 교육용으로 활용하기도 좋으니 고려할 만한다.

목욕탕만의 특색이 없다

목욕탕은 수영장, 스포츠센터, 대형 스파 등 복합 기능을 가진 능력 있는 경쟁자가 많다.
씻는 곳이다 보니 내세우는 건 수질. 하지만 온천 지역이 아니라면 목욕탕의 물은
지하수나 수돗물이 기본일 수밖에 없다. 이벤트탕이나 한증막을 만드는 게 그나마 최선.
하지만 복합 기능을 가진 공간들은 여기에 요즘 취향에 맞춘 서비스까지 제공한다.

이런 건 어떨까?

목욕탕도 개성시대! 개성 있는 이미지 브랜딩

목욕탕도 개성시대다. 특색이 있어야 산다. "목욕탕이 다 그렇지."라는 생각은 기성세대에게는 통하지만, 그 세대의 문화를 겪어보지 않은 세대에게 공감대를 형성하긴 어렵다. 이미지와 영상이 익숙한 디지털 세대에게 아날로그의 묘미를 알려주려면 일단은 그들의 방식으로 소통해야 한다.

① **개성 있는 이미지 브랜딩이 필요하다.** 사소하지만 꾸준히 잘할 수 있는 것, 딱 하나만 있으면 된다. 예를 들면, 아이나 피부가 예민한 사람, 특별한 경험을 원하는 사람들을 대상으로 정말 좋은 입욕제, 친환경 비누, 샴푸 등을 아동용과 성인용으로 나눠 대여 및 판매하는 것도 방법이다.

② **예약제를 통한 인원 조절과 특별한 서비스를 제공한다.** 이용객이 많지 않은 시간대나 비수기에 몇 가족만 쓸 수 있게 특별 대여를 하는 것도 요즘 취향의 서비스다. 목욕탕 비수기에 목욕탕을 수영장으로 바꿔 어린이 손님들에게 물놀이를 제공하는 곳들도 있고 의외로 반응도 좋다. 이럴 땐 어린이들만을 위한 문화 체험도 접목할 수 있어 부가가치를 만들 수 있다.

③ **먹거리도 경쟁력이다.** 목욕 후엔 늘 갈증이 나고 배가 고프다. 기존 음료들이 저렴한 가격임에도 잘 팔리지 않는다면, 그들이 좋아하는 것으로 대체하면 된다. 동네 빵집, 커피집과 소소한 계약을 맺어 진행해도 좋고, 식음료 제조에 재능이 있다면 마음껏 활용해 보는 것도 좋다. 호불호가 없는 것 위주로 맛있게 준비하면 특별한 경험을 원하는 지금의 세대가 응답할 것이다. 먹는 것에 길들여지는 게 세상에서 가장 무섭다. (무알코올 맥주와 핫도그 세트를 조심스럽게 추천한다. 미성년자라면 우유와 핫도그!)

④ **SNS를 통해 러브레터를 보낸다.** 아무리 좋은 걸 가지고 있어도 알려지지 않으면 소용이 없다. 새 고객을 맞이할 준비가 되었다면, 그들이 원하는 SNS(인스타그램, 트위터, 페이스북, 유튜브)나 블로그를 통해 러브레터를 보내자.

모든 고민은 본래의 용도에서 벗어나면 시작되지만, 그와 동시에 변화도 시작된다.

신정관 온천탕 p. 14

만수탕 p. 50

서림탕 p. 64

화신탕 p. 84

오목사우나 p. 102

약수탕 p. 114

비타민목욕탕 p. 132

허심청 p. 150

세신숍 스파헤움 p. 158

학천탕, 카페 목간 p. 166

삼화탕, 코리아 p. 174

행화탕 p. 186

원삼탕 p. 188

중앙탕 p. 192

청호탕 p. 194

부강탕 p. 196